新疆野马
回归手记

张赫凡 ⊙ 著

中国林业出版社

图书在版编目（CIP）数据

新疆野马回归手记/张赫凡著. -- 北京：中国林业出版社,2017.3
ISBN 978-7-5038-7923-4

Ⅰ.①新… Ⅱ.①张… Ⅲ.①故事－作品集－中国－当代 Ⅳ.①I247.81

中国版本图书馆CIP数据核字(2017)第057533号

出　版　中国林业出版社（100009 北京市西城区德内大街刘海胡同 7 号）
网　址　http：//lycb.forestry.gov.cn
电　话　（010）83143580
发　行　中国林业出版社
印　刷　北京雅昌艺术印刷有限公司
版　次　2017 年 5 月第 1 版
印　次　2017 年 5 月第 1 次
开　本　787mm×1092mm　1/16
印　张　15
字　数　200 千字
定　价　58.00 元

序一

　　文明是文化的内涵，文化是文明之母。宇宙的万般和谐同源复制了宇宙间所有的物种，万物并育而不相害是全息宇宙间的核心规律，互助、智慧、博爱是人类原始文明阶段的生存法则。中华文化以和谐宇宙全息精神与物质同源复制的方式唤醒了一批又一批优秀的中华儿女，张赫凡就是其中的一位。

　　1995 年从新疆农业大学畜牧兽医专业毕业后，张赫凡怀着美好幻想与憧憬的天马梦来到卡拉麦里有蹄类自然保护区南缘的新疆野马繁殖研究中心工作至今。作为野马研究中心唯一一名长年坚守一线的女技术人员，这 20 多年间张赫凡为拯救野马这一珍贵物种而赫赫有名，平凡而不凡。

从赫凡的科普文学著作中我们了解到，野马是比大熊猫还珍贵的物种，从"活化石"的生物价值到检验不同文明的一个标志性符号，它们的内在价值也随着赫凡一本本专著被揭示。野马经历了始祖马、中马、原马、上新马和真马五个主要进化过程。野马进化到一定阶段人类文明也到了一个拐点。人类在几千年前勇敢地跨上马背，第一次像风一样掠过广袤大地，建立起骄人的文明。可惜野马在经历了6000万年的进化后，由于人类捕杀、战乱等原因，野马种群几近灭绝，数量十分稀少。《中华人民共和国野生动物保护法》将普氏野马列为国家一级保护动物。为保护和拯救无比珍稀的普氏野马，张赫凡和她的同事们经历了难以想象的艰辛，经过30多年的生息、调养，在新疆野马繁殖研究中心全体人员共同努力下，挽救了野马这个物种，也让野马这个物种和人类和谐相处。中国各级政府和一代代野马保护者取得的辉煌成就，赢得了国际组织专家学者们的莫大尊敬。

联合国大会通过的《世界自然宪章》指出："每种生命形式都是独特的，无论对人类价值如何，都应得到尊重，为了承认其他生命体的内在价值，人类必须受行为道德准则的约束。"人类只要能认识自然、尊重自然、保护自然和博爱万物，那么宇宙与自

然才呈现出非凡的和谐与秩序，万物才能在其中生生不息，运行不悖，最终实现人类与整个自然生态系统的和谐发展。赫凡用细腻传神的科普文字，从东方人情感的独特视野解读野马回归的过程，恰好解读了我们这个古老文明不衰的密码：只要天下和，人类文明之花将青春永驻。

看着赫凡被大漠风霜和烈日所洗礼的黑黢黢的面容，想到一代代养马人背后无数的默默付出，我内心不由得对这些朴实无华的生态文明践行者们充满了敬意。同时又总觉得我们欠了这群野马保护者及环保主义者某些债务。他们那么孤寂，却永不失坚守；他们那么善良，却从不为生存失去生态卫士的底线。但一批又一批像赫凡这样平凡的野马保护者，让我在联合国的发言台上有了更丰富的表达空间。

聊缀数言，以发所感，是以为序。

王戈 谨识

2017 年春于北京

（王戈先生是联合国文明联盟生态文明委员会常务副主席、和文化研究院院长）

序二

　　科学散文是科学文艺作品中的一种，也是"科学和文学相结合的产物"，以科学内容为题材的散文称为科学散文。科学散文活泼生动，情与理融为一体，具有较强的文学性和科学性。科学散文题材广泛，以普及科学知识为主，也有宣传科学研究的指导思想、研究方法，还将科学与技术赋予审美理想。科学散文实际上是复杂的创造性的过程，科学与文学的结合不是简单的组合，而是科学、人文和叙事混合的组合。科学散文一词最早见于在上海主办的《新青年》杂志上。1920年9月，《新青年》月刊特刊刊登了科学散文。从此，一种有名称、有栏目、有作品、有理论倡导的科普文体——科学散文宣告正式创立。

　　新中国成立以来，科学散文层出迭起，涌现出大量的优秀作品，但后来随着市场经济的大潮，科学文艺作品的日渐衰落，科学散文难免受到影响，特别是理论研究寥若晨星。令人欣慰的是，这些年依然有人不忘初心、坚守在这一领域辛勤耕耘，张赫凡女士就是其中一位。她是新疆优秀的科普作家，笔耕不辍，执著地在科学文艺领域中潜心创作并取得一定成绩。这位坚守荒漠戈壁20年、与普氏野马有着深厚感情的科技工作者，对科学散文的创作也有着执著的坚守，其本身就是一种科学精神，也是值得钦佩的。

《新疆野马回归手记》篇幅灵活，语言生动，文学性强。采用生动活泼、真挚动情的语言，介绍关于普氏野马——世界唯一幸存的野生马种回归故土后繁衍生存和野放的故事，作者在介绍科学知识时，形象刻画栩栩如生。比如：失去家园的浪子、野性之王、准噶尔英雄、白雪公主诞生记等等。在科学知识介绍中作者有意把"科学精神"植入科普内容，表达科学知识、科学思想、科学方法。作者以自然科学的思维尺度、扎实严谨的专业态度以及文学的视角观察大自然，观察科学进程、科技人物、描绘动植物，思考积累，以作家的心灵致力于人类社会与自然界之间关系

的思考。

　　阅读《新疆野马回归手记》一书，不难看出作者在扎实丰厚的专业知识外，更着重于蕴藏在文字背后深层思想的力量。这也是张赫凡女士科学散文创作的成功之处，将科学精神与人文思考完美地结合在一起。一个优秀的散文家，更应是一个冷静的思想者。一篇好的科学散文解释科学知识并不是最终目的，而是以科学知识为平台，更多地表现科学美、文学美和哲理美，以达到人文情怀的表现，这也应该是科学散文的坚守。

　　科学散文另外一个坚守就是强调文学色彩，用文学的语言进行科学对象的描写，讲究剪裁熔铸、谋篇布局和艺术描写，讲究文本的美学意义，极大地区别于一般说明文的枯燥乏味。正是因为这种坚守，科学散文这一文体得到了广大读者的一致好评和认可。可以说，张赫凡女士在创作中都在极力做到这些。

　　散文有散文的坚守，做人有做人的坚守。时光里山南水北、人来人往，只要坚守住了，最终凝固的定是最好的风景。

李丹莉

2017 年 5 月 9 日夜

　　（李丹莉为国家一级作家，中国科普作家协会理事，新疆科普作家协会秘书长，新疆作家协会理事。现致力于科学文艺创作、科普理论研究）

前言

　　冰雪融尽，万物复苏，和风扑面，春天，正以无法抗拒的明媚潮水般向我们涌来。沉睡了一冬的准噶尔大地焕发出一派勃勃生机。金色的晨曦中，一群群野马，正高唱着春天的歌向我们奔腾而来。春去春回，又到了野马恋爱的季节，一场场激情的爱情大戏已拉开帷幕，一匹匹鲜活的野马小生命也将纷纷瓜熟蒂落，与百鸟合唱，与野花齐放，成为春天最欢快的音符。

　　2017 年 4 月 21 日，新疆野马繁殖研究中心传来喜讯，一天同时诞生了两匹健康可爱的野马"小公主"，真是双喜临门，迎来了今年野马繁育的"开门红"，让中心的全体职工感到欢欣鼓舞。

　　在这样一个美不胜收的时节，我的新书、散文集《新疆野马回归手记》也如一匹新生的小驹儿，马上要问世了。而由于野马多舛的命运，书中野马的故事更多地带上了悲情的色彩，可谓是一种泣

血泪泪的呼唤，一种黑夜里的挣扎。与前两本书、散文集《野马重返卡拉麦里》、诗集《野性的呼唤》一起，这三本书可以说是我的"野马悲情三部曲"，反映了野马的苦难史和野马拯救者艰辛的奋斗史。与第一本书一样，这本书也是在整理我多年观察日记的基础上完成的，是第一本书中野马故事的延续，也可算得上是姊妹篇。只是因近些年在新疆野马繁殖研究中心乌鲁木齐办事处工作，与野马相伴的日子较少，使得这"第三匹小驹儿"姗姗来迟。

新疆野马繁殖研究中心 1986 年成立至今，走过了 30 多年的坎坷历程，野马拯救事业取得了举世瞩目的成就，在先后引进 24 匹野马的基础上繁育了近 600 匹野马，种群不断壮大。历经 15 年的野放生涯，野放试验取得探索性成功，提升了我国在野生动物保护方面的国际地位，为其他物种的重引入起来了借鉴和示范作用。这是长年坚守戈壁荒滩、日夜守护野马的保护者们共同努力的结果。他们承受着难以想象的寂寞，陪伴野马的时间远远多过陪伴亲人的时间，他们把青春和热血都奉献给了野马事业。

与野马相守 20 余载，野马不仅是自己的亲密伙伴，也成为我心灵的影子。走在都市熙熙攘攘的人群中，我的心依然在旷野里随野马一起奔驰着。在与野马相伴的日子里，我有幸作为一名记录员，以日记的方式记录野马的故事和保护者的心声，记录了他们与自然万物、与野马的真情对话，愿更多的人能听得见他们发自内心深处的呼唤。

野马是有着6000万年进化史的活化石，是生物进化的典型代表，它的回归，代表人类文明的理性回归。野马的野外灭绝及重引入昭示了生态破坏的恶果及生态保护的重要性，对唤起人们生态保护意识、促进人与自然和谐相处有着启迪意义。

令人欣喜的是，通过图书及各媒体的宣传，野马已得到越来越多人的关注及社会各界的关爱，影视文化界人士也纷至沓来。影视文化学者赵小玲女士，被野马保护者的精神深深打动，初见野马就成了不折不扣的野马迷，多年来矢志不渝地为拍野马电影和舞台剧做着各种努力，为野马的宣传推波助澜。承蒙联合国文明联盟生态

文明委员会常务副主席、和文化研究院院长王戈先生对野马的厚爱，为本人的拙作作了序，真是荣幸之至，备受鼓舞。

愿这些稚嫩的文字，能助力野马走进千家万户，走向世界。让这自由的生命、不羁的魂灵，卸下百年流离的屈辱和忧伤，重拾骄傲，战胜严冬，战胜风雪，战胜回家路上的任何艰难险阻，走向生命的春天，实现万马奔腾的复兴之梦。渴望在不久的将来，我所梦想的斗志昂扬的"野马激情三部曲"也能孕育而出。

深深感恩，领导的关怀和同事们的帮助及来自社会各界的支持，由于写作水平非常有限，出版仓促，书中存在诸多不足，恳请读者批评指正。

张赫凡

2017 年 4 月 22 日

目录 CONTENTS

野马的故事

的故事

自由精灵——野马

普氏野马，有着 6000 万年进化史的"活化石"，是一座巨大的基因宝库，自古也是丝绸之路上的一大珍奇之宝，一道异样的风景线。有关野马的最早记载，见于中国新疆的岩画。人类见证普氏野马存在的物证资料可以追溯至两万年前，在意大利、法国和西班牙洞穴内发现的 610 幅野马图案。在一些传记和史志中有不少关于野马的记载，《穆天子传》中曾记载，周穆王西游东归时，西王母送别周穆王时，"野马、野牛四十，守犬七十，乃献食马"；《山海经》记载，"北海内有兽，其状如马，名曰騊駼"；《尔雅·释畜》："騊駼，马，野马"；《史记·大苑传》中记载"大

岩画上的野马

苑国天山其上，有马不可得，取五色母马置其下，与集生驹，皆汗血，因号曰天马也"。从狐狸大小般的始祖马，经历了怎样的风霜，才走到了今天，这无疑是物种进化的典型例证，从而备显弥足珍贵。

普氏野马是世界唯一幸存的野生马种，1876年欧洲泰班野马灭绝后，欧洲人就认为野马已在地球上灭绝了。1878年，沙俄探险家普热瓦尔斯基在准噶尔盆地发现此前一度被认为灭绝的野马并获取了标本，俄国学者鲍利亚科夫以他的姓氏定名为普氏野马。目前全世界仅存2000余匹，是世界十二大濒危物种之一，也是新疆的生物名片，被列为《世界自然联盟红皮书》EW级（野外灭绝种），是国家一级保护动物。它不仅基因古老而稀少，也是马科中的纯血种，它的生理基因和生理特性有许多比家马不寻常的优越性。现今家马的主体血缘源于野马，它也是研究家马起源和品系人工选育的不可或缺的材料，作为草原生态系统中的重要成员，野马在维系生物群落结构与功能的完整，尤其是在植物–动物相互作用和协同进化上发挥着极其重要的作用。不但在生物学上，而且在美术、艺术和观赏等文化方面均具有不可替代的作用。

从野马6000万年的足迹里，从它黑宝石一样的眼睛里，从它谜一样的传奇生涯里，人们在极力探寻着野马的昨天。谁会想到，这样的荒漠骄子却在百年前，因普热瓦尔斯基的发现，带来了它悲剧性的命运，被盗猎，被掳掠至异国，从故乡绝迹，而后又回归故乡新疆，使得这一比大熊猫还珍稀的濒危物种绝地复生。因此，野马的神秘、珍奇与悲情，不能不让人心生怜爱。

人们喜欢野马，还因为它是荒漠的精灵、戈壁的魂魄。野马与荒原是浑然一体、和谐如一、血肉般不可分割的。没有了野马的荒漠草原，就如同一具失魂落魄的躯壳，空洞无边，死气沉沉。而只有野马出现时，在大漠中奔腾起来时，那飞扬的神采，俊美的身姿，如律动的音符，如荒原脉搏中血液的澎湃，死寂的大漠才会一下子活过来。野马，有着自由奔放的天性，从远古奔腾至今，不受束缚，生来就属于大自然、属于戈壁荒原，不受人类的皮鞭及坐骑所驾驭，因此，它也是自由之神的化身，是热爱

自由心灵的一种幻化。当见到野马，那种不羁的风采，无拘无束的惬意，奔放如歌的感觉，不由得在每个向往自由的人骨子里升腾起来，仿佛自己也脚底生风，肩上生翅，要同野马一起在无边无际的大漠飞了起来。"天高任鸟飞，海阔凭鱼跃"，没有了任何牵绊和阻隔，风一样地直扫大地，一切梦想都尽情地驰骋如飞，去上天，去入地，去追星，去逐月。是啊，在每个人心灵的旷野里，与生俱来，不就恣意驰骋着一匹匹野马吗？如同一条自由之河，一直在人们的体内奔腾不息。所以，当我们见到野马，就如看见自己的内心一样，总会一见如故，倍感亲切。

野马吸引人之处，不仅仅在于它矫健的体形、野性而洒脱的气质、奔驰起来如风驰电掣般力量和速度之美直击人心，摄人魂魄，还有它的一些可贵的精神，也是很值得称赞的。首先，野马有着纪律严明、团结一致的团队精神。野马是群居动物，一般由一匹公马头领带一些母马组成家族群。野马家族有着严明的等级序列及纪律性，而且还非常团

结。特别是在遭遇天敌狼的袭击时，它们的团队精神会表现得非常突出。在与狼战斗时，它们会精诚团结，一致对外，头马带着精兵强将冲锋陷阵，英勇杀敌，将老、弱、病、小护在身后。如果靠单打独斗，野马往往不是狼的对手，正是有了这种团结协作的精神，才使野马在一次次的战斗中取胜，让自己的家族在优胜劣汰的自然法则中日渐强大起来，以王者的姿态，傲然屹立于准噶尔荒原。其次，人们喜欢野马，还因野马有着不服输、不言败的精神。这种精神主要表现在野马皇位之争方面，极其血腥和残酷，惊心动魄。身为一匹野马的最高目标就是当上头领，妻妾成群。为了争夺头领地位，公马们会打得头破血流、断臂断腕，甚至战死沙场，这使野马的野性展现得淋漓尽致。如果两匹公马战成平手，会各分得一些母马，相安无事。而战败的野马则会成为孤家寡人或者加入到单身公马群里，悄悄养伤，等伤好了再卷土重来，伺机再战。公马一生中就这样不停地战斗、战斗，甚至到死也不认输、不屈服。在野马王者的辞典里，仿佛从来没有"失败"一词。也许正是骨子里的这种桀骜不驯，自由和高贵，千百年来，野马一直不能像家马一样，被人驯服。

野马的进化小史

　　野马是有着 6000 万年进化史的动物，古生物学界常把马的进化过程看成生物进化史上最系统、最确实、最典型的例证。人类在几千年前勇敢地跨到野马背上驯化野马后，使文明的进度大大加快，当时的人对跨上马背的人的速度和能力还抱有恐惧的心态，所以发明出了人首马身这样的怪物。据研究，这其实就是当时人们对最早骑上马背人的最直观的艺术表达，马的驯化使几千年甚至上万年人类的缓慢步伐一下子加快，使人类第一次像风一样掠过无穷的大地，建立起骄人的文明。而当一个多世纪前的人研究了野马的化石后，又使人们的观念发生了革命性的变革。物种是进化的，野马从一只狐狸样大小的兽而来，人从猴子而来，用进废退，自然选择等等，颠覆性的发现使人又一次在科技和文明方面前进了一大步，这一大步，可以说，也还是靠着野马的功劳。

　　透过了 6000 万年的风尘，我们可以看到，野马的进化经历了始祖马、中马、原马、上新马和真马五个主要发展阶段。马最古老的祖先叫始祖马，是一种小走兽，大小接近狐狸。它的四肢有五个趾，但基本上用其中的三个趾支持体重，不过中趾最为发达。

　　一亿多年前，天山脚下，准噶尔盆地边上，还是一块露在海洋中的台地，天山还没出现，淹没在汪洋大海中。离现在野马繁殖研究中心 100 多公里远的奇台，人们发现了大量的恐龙化石，

野马进化简表

地质年代		距今年代	四趾或三趾 树林生活·嫩叶食料	三趾 草原生活·干草食料	单趾 草原生活·干草食料
第四纪	现代	2.5万年			野驴 真马 非洲—斑马 真马 野马 欧亚 北美 南美
	更新世	100万年			真马
第三纪	上新世	1200万年		三趾马（真马）	上新马
	中新世	2800万年		原马（草原古驽）	
	渐新世	3900万年	中马		
	始新世	5800万年	始马（始祖马）		
	古新世	7500万年	马类的祖先		

这里也有许多煤田，这证明当时恐龙曾在这里自由生息。

5800万年前，海水刚刚从大陆上退出去，地面的海拔高度都很低，气候温热多雨，相当于现代亚热带的情形，地面覆着茂密的灌木林，草类还不是十分繁盛，分布的面积也不广。

现代马类的祖先始祖马与稍晚的中马都隐蔽地居住在树林中，安全噬食鲜嫩多汁的树叶和林地里的软草。大自然变化无穷，风移山石，沧海桑田，地表山脉形成，地面隆起，原来湿润温热的地方变成了开旷的内陆平原，气候变得干燥，硬草地的面积不断扩张，占据许多林区。马的祖先们进化出了适宜于奔驰的硬单蹄和长的四肢，有结构复杂完善的高冠齿，硕大而具流线型的身躯，发达的大脑，因而能更好地适合新的生态条件。它们的这种进化，用了近6000万年，直到100万年前人类出现时，才接近完成。有时候我很宿命地想：莫非马儿们千辛万苦的进化，就是为了等到人类出现的那一刻？

马进化到中马的时候，还只有羊那样大小，仍然用三趾支撑体重，但中趾已经负担大部分体重，其他两个趾也负担着小部分

体重。当进化到原马的时候，就有小驴那么大了，基本上属于现代马的类型，体格构造上也逐渐趋于适应开阔的草原生活，具有快跑的能力以寻找食物，逃避敌害。这个时候它们在干燥坚硬的土地上奔跑，趾部支撑体重，所以锻炼了它的中趾，每足仍然有三个趾，但这时候它们行走时仅有中趾触地，两旁第二及第四趾已不再着地了。中趾机能增强，中趾加长加宽，第二、第四趾便失去了作用，渐渐退化。到这个时候，马的一指禅的功夫才算真正练成，这完全是优胜劣汰的结果。

现代型的真马出现于距今 100 万年的上新世末期和第四纪更新世，它具有和今日的驴及非洲斑马相似的形态，因此现在世界上的马、驴和非洲的斑马都属于这一属。更新世是人类出现的时代，通常称为第四纪洪积期，洪积期初出现冰川期，地面长期为冰川覆盖或者袭击，气候严寒，原来广泛分布在北美洲和欧洲北部的真马一属的野马，有的全部绝灭，能够继续存在的，开始适应变化了的气候环境而分化为独立的各支系并迅速进化。因此，它们在体格上存在很大的差异，但在气候固定的炎热地带，如非洲等地，却进化得较慢，因此斑马成为马属中最古老的一支，欧洲的现代马则为最进步的一支，亚洲由于当时处于中间地带，因而马属的进化也就居于中间位置。

马的祖先起源于北美洲是第三纪始新世以来的事，它的后继者已广泛散布于欧洲、亚洲和非洲，在大体相同的生活条件下，世界不同地区的马平行发展着。更新世以前，白令海峡和北美的阿拉斯加大陆唇接，化石马即以此地为通路，从北美向旧大陆移殖。此时马已进化到真马阶段，又因冰川袭击，在美洲全部灭绝。至哥伦布发现新大陆以后，又由欧洲重新移殖，于是马在美洲再度繁衍。只有在欧亚，自上新世以后，直到今天，都有真马属的动物存在，并继续向更高阶段发展，从而成为现代的马属动物。后来野马和野驴经过驯化后，分别成了家马和家驴。

失去家园的浪子

野马从古至今，都是人类最大的功臣、最可信赖的朋友、最忠贞不贰的伴侣。然而，这个功臣却无声无息地灭绝了，欧洲的野马是最早灭绝的。这让欧洲人伤心失落了好一阵子，不过很快他们就欣赏若狂了。1878 年俄国学者普热瓦尔斯基首次在新疆奇台古城至巴里坤的戈壁上猎获了野马标本，后被俄国学者鲍利亚科夫定名为普氏野马。

因为 1878 年俄罗斯军人普热瓦尔斯基在亚洲大陆探险时，在新疆准噶尔盆地采集到了真正的野马的标本。这简直让欧洲世界发了狂，普热瓦尔斯基也功成名就，声名鹊起，甚至野马因此被

20 世纪 80 年代发现于准噶尔盆地东部的这颗野马头骨是野马在此地栖息的最后物证

这是普热瓦尔斯基在中国新疆猎获的第一批野马的标本

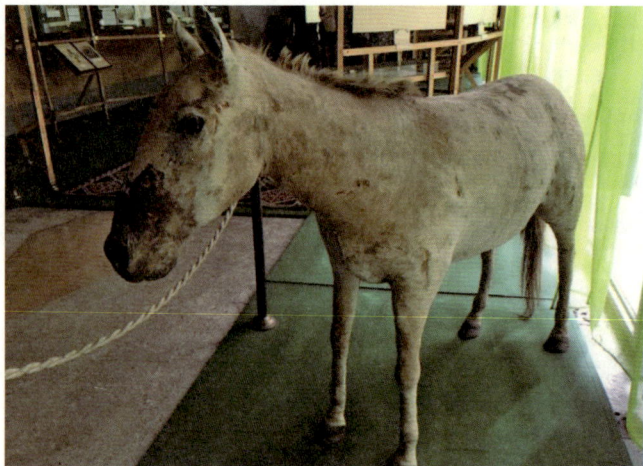

命名为普氏野马。多年后这让中国的一批科学家们受到了打击，其实中国很早就有关于野马的记录，李时珍的《本草纲目》，包括清朝的一些方略、地志中都有记载，但那并不是科学意义上的生物分类，并不能算数。这能怪谁呢？我们只能把责任推到当时那个大而中空、腐败无能的大清帝国了。从此野马的悲剧命运来临，这个在中华大地上自在生活了百万年的自由生灵，跟当时的中国一样，被无数贪婪的眼睛盯上了。

100 多年前的一个五月，茫茫准噶尔进入短暂的春季。绿色爬上了梭梭、红柳，然后沿着高高低低庄严起伏的大地向远方伸展，茂密的灌木丛开出黄色的小花，在春意料峭的风中顽强地抖动。风从北方遥远的阿勒泰山吹来，一路奔驰过苍凉的大地，推揉着成片成片的枝干虬曲的榆树，然后撞到天山，沿着天山向东方继续奔涌。这块无边无际的大地中间，自古就罕无人迹，野生动物们在这里自由自在地繁衍生息。一群一群成千上万的野驴、鹅喉羚像黄色的巨浪卷过大地，蹄声似闷雷击打着远方的地平线。这正是大多数野生动物们生产的时节。

格林上尉勒住马眯缝着眼，视线在荒野的远处扫描，云朵低垂，朦朦胧胧的地平线上有一大群野驴在奔跑，扬起高高的尘烟。他可不喜欢什么野驴、鹅喉羚，这些东西几乎跟蚱蜢一样

多，肆无忌惮地在这片浩瀚的盆地里奔来跑去，不知疲倦。

"休息一下，喝点水、吃点饭吧。"翻译骑着马小跑过来，向格林建议。旁边的一些人脸上露出又渴又乏的神色，他们是世代住在这里的牧民，搞不懂为什么这个外国的疯子大老远跑这里来逮什么野马，这玩意儿有什么用吗？要不是看在钱的份上，谁会跟着这个疯子深入戈壁腹地，奔波这么久？

"再找找，今天必须找到它们。"格林上尉的声音不容置疑。他沿着向导所指的方向，打马奔跑过去。他心里明白，自己并没有正式的入境文碟，是一个非法入境者，而且干的是偷猎野马的勾当。这次从沙俄偷潜入境，就是为了带回这些稀世珍宝。他倒不是怕被清朝边防武官抓住，而是怕失去偷猎野马的机会，失去让自己一举成名的机会。为了这次能够深入中国，他付出了太多努力。好在中国这个沉睡中的巨狮，并不了解自己拥有什么样的宝贝。对于野马这样的动物，他们并不会真正挂在心上。也许那些西方的游牧文明，对马天生具有亲近感吧。而中华大地上的农耕文明，虽然有过辉煌的马队，但毕竟不像骑在马背上的民族，对马有着天然的感情。

这也给了他可乘之机。中国，神奇的中国，有谁会想到，在欧洲，在世界灭绝了这么久的野马，居然在这个泱泱大国辽远的

西部中生存着呢？

　　他不禁想起一年前来到这里的普热瓦尔斯基，那个捷足先登的俄国人，他只不过将一些野马的皮带回莫斯科，就将整个欧洲，不，整个西方世界震动了！他获得了巨大的声誉，中国西部的野马都以他的名字命名。想到这里，他恨恨地给马加了一鞭，马跑得更快了。他一定要超过普热瓦尔斯基，这次，他要带走真正的活着的野马，赢得更大的荣誉，他相信这块沉睡的荒原不会让他失望。

　　他们终于找到了一群野马。一大群野马，在远远的山坳里吃草，格林一行人站在一处背风的山顶，仔细地观察这一群野马。这些野马悠闲自在，只有头马不时机警地昂起头，并迅速奔跑着将离群过远的不懂事的马赶回群里。一些懵懵懂懂的小马驹子在马群里撒着欢追逐奔跑着，全然不知将要来临的危险。

　　格林上尉从山顶退下来，将人布置在不同的位置，简要地交代了几句。翻译完毕后，那些牧民们都点了点头，翻身上马，从马鞍上解下盘成一团的绳套。他们双腿一夹，嘴里厉声地吆喝着，从山顶箭一般地向马群冲去。

　　马群一下子炸了窝，头马威严地跑来跑去，将四散而去的马拢成一团。马群中的"皇后"，头马的第一夫人，也协助着它。它高高地昂起头，引导着马群向没有人的地方撤退。"皇后"一马当先跑出去，其他的马紧随其后，小驹子也紧跟着自己的母亲奔跑在队伍中间，头马殿后，队形丝毫不乱。荒原上的马群经历

过无数次群狼的偷袭，它们早就练就了这些本领。

军人出身的格林上尉不禁暗暗称奇，惊叹于这些野生生命高度的组织性。他甚至对那匹头马心生敬意，当然，他的目的不是来与野马惺惺相惜的，他是要抢劫这些马驹，将它们运回自己的国家。牧民的叫声更大，紧紧地追赶在马群的背后。奔跑的野马像出膛的炮弹，急骤的蹄声雨点般敲击大地，将牧民的马远远地落在后面，这些跟群狼搏斗、与狂风嬉戏的马，怎么会将追赶他的敌人放在眼里呢？每小时超过 60 公里的速度，简直就是掠过荒原的响箭，又有哪个能追得上。

但是马群不一会儿就慢了下来，因为初生的小马驹跟不上整个马群的速度，而焦急的母亲不愿意让自己的宝贝掉队，所以拖累了整个马群的速度。皇后在前面飞跑，暴怒的头马在群后撕咬着慢下来的母马。它必须为整个群体负责，母马们无奈地悲鸣着，跟着皇后向戈壁深处跑去。小野马掉队了，它们惊慌失措地跟着远去的马群，发出阵阵悲鸣，呼唤着自己的母亲。但是它们毕竟体力不够，只能看着自己的妈妈随着马群越行越远。这正是格林上尉需要的，他知道野马的速度，他们永远不可能追上奔跑中的野马，用接力的办法追小野马，却可以达到他捕捉野马的目的。

这些桀骜不驯的小生命，这些荒原上自由的小精灵们，被身后那些两条腿的生命骑着马紧紧追赶，无处可逃。牧民的马累

了，立刻就会有接替的人马换下来，接着追赶。小野马失去父母的引导，完全掉进格林上尉布下的重围，不停息地拼命奔跑。有些跑着跑着，一头栽倒在地，口里、眼里喷出血沫——它们跑炸了肺。没跑炸肺的也累软了四肢，倒在准噶尔早春冰凉的大地上，再也无法飞驰，任由绳索套在自己的脖子上。格林得意地笑了，似乎看到成功就在不远处招手。将近一个月的时间，他用这种残忍的办法，捕捉到了50多匹小野马。

为了将这些小野马偷运出中国的大地，他费了不少的劲。小野马本能的不愿意离开生养自己的大地，它们与绳索顽抗，细长有力的四肢像钉子一样钉在地上，头紧紧地勾着，牧民们又推又拉，它们寸步不动。

但野马的智慧怎么能与人类相比呢？一年后，这些野马绕道俄罗斯，坐火车，又远渡重洋，来到欧洲。当到达欧洲时，原来50多匹活蹦乱跳的野马，仅仅存活下来28匹。

这28匹野马立刻成了明星，轰动了整个欧洲社会。

现在世界上的野马，就是这28匹流落异乡的野马的第八、

第九代后裔。

　　最令人痛心的是，外国人偷运走了野马之后，野生状态的野马灭绝了。这简直成了一个讽刺，德国人的一次偷猎行动，居然成了保全野马的功劳！

　　蒙古国首先宣布野生状态的野马灭绝。新中国成立后，专家们曾组织过几次找马的活动。可因为野马跟野驴长得非常像，沿北塔山一线的牧民常常把野驴当成野马，专家们费尽千辛万苦跑去一看，发现的却是野驴。专家们慨然长叹，野马在自己的故乡，已经灭绝了。自 1884 年起，野马的厄运接踵而来，人为捕猎猖獗，到 20 世纪 70 年代，新疆普氏野马从它的故乡痛苦地消失了，成了失去家园的天涯浪子。

　　一个陪伴人类这么多年的挚友，一个生命始终牵绊着自由的朋友，永远将自己的英姿留在北塔山系呼啸的狂风中，从此，野生野马的精魂，只能在记忆深处追寻。

　　失去了野马的准噶尔，会失去多少生命蓬勃的活力，丢掉野马的人们，前行的路又多了一份孤独。

野性之王

（一）

大帅是野马研究中心一匹大名鼎鼎的野马帝王，它出身于高贵的英国贵族家族，肩部两侧带着"V"字形的深褐色燕尾族徽——这是英国引进马的遗传特点。它的父亲是野马研究中心建立以来最为功勋显赫的英国马"飞熊"，母亲叫玛丽亚，也是一匹英国马，漂亮而健壮。继承了父母优秀基因的大帅有着超强的繁殖能力，是继父亲飞熊后最优秀的种马。它的群体发展得很快，短短几年时间，就由最初的 9 匹发展到 30 多匹，并且个个体格健壮、品质优良，是野马研究中心最大、最优良的群体，也是我们心目中寄望于将来能够重征卡拉麦里荒原的第一支主力队伍。它们原来是在 7 号场内，后来中心专门在 7 号栏北面开辟了3000 亩①的大围栏，营造了一个类似于卡拉麦里荒原的环境，将大帅的群体放进去进行适应性的训练，而大帅果然不负众望，突出地表现了一个野马头领管理家族的能力。

我第一次看见它

---

① 1 亩≈666.7 平方米。

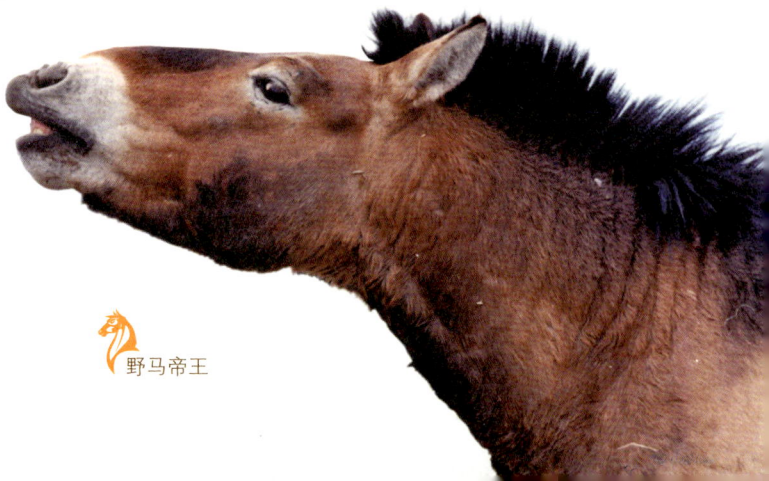

野马帝王

时，它正站在围栏里向戈壁深处眺望。它背倚天山的挺拔身姿、肃穆庄重的神情、坚毅深沉的眼神，无一不透露出那份浸透了准噶尔意韵的王者气派。我立刻被它那种深植于骨髓和血液中的野性和自由的力量所吸引。

看到我走近围栏，大帅警惕地竖起耳朵，转过头凝视着我。这个时候，我看到它的眼神里、体格中迸射出一种精神抖擞、野性张扬的神采。多么熟悉的眼神，似曾相识，在我的梦里，在那匹神骏的黑天马的眼睛里，我曾读到过这种让我内心震动的东西。这就是真正的野马，肌肉强劲，神情狂野，浑身上下散发着征服一切的自信和勇气。

我和它隔着围栏静静对视。秋天的夕阳映红了身后高耸的天山，阳光在它那直立的板刷一样的鬣毛间闪闪跳动，为那优美弯曲的弧度增添了迷人的动感。它的嘴唇泛着白色，稀疏地长着一些黑黑的硬撅撅的胡子。

也许是我们在梦里曾经见过，它眼睛里的敌意很快就消除了，我甚至感到了一些亲切，不过当我还想再靠近一些的时候，却止步于它无声的威严。

静静伫立的大帅突然仰起头对天长鸣，暗金色的鬣毛在它粗壮的脖子上抖动。分散在围栏里的大大小小的野马开始向它聚拢。最先向它走来的是它美丽的妻子——"皇后"绿花，紧接着，它的"妃子"们、儿女们一个挨一个地接踵而至……

（二）

这是它们日常生活的图景：

"皇后"绿花在最前面开道，大帅在后面压阵，野马们悄然有序地排成一列，沿着一条早已踩出的弯弯曲曲的小路向围栏深处走去。

到了饲草丰沛的地方，家族成员三五成群地觅食。妻子们带着自己的后代专心地采食鲜草，而大帅则在一旁警惕地观察着四周，每当发现哪匹马吃得太专心掉了队或者离群过远，它就跑过去，慢慢地跟在后面，头颈向前伸向地面，双耳后抿，威严而坚决地将它们圈进大群体之内。有些野马有时不大听话，它就会冲上去追咬，这就保证了它的家庭成员们有组织、有纪律地集中在一起休息或采食。

大围栏内没有水源，吃完草后大帅将群体赶回 7 号场内，让马群去喝水槽内的水，它跟在群体后面，把那些贪玩掉队的马一

匹一匹都圈进队伍。喝完水后，马群就在场地内集中休息。天气炎热时，它们在圈舍内乘凉，气温降下来后，大帅又带它们出去采食。

因为群体内马匹数量很多，大帅经常就这么跑来跑去，使自己的家族保持在自己的控制范围内。大帅管理家庭的责任感很强，圈群能力非常突出。除了每天带着妻儿们一起吃草、喝水、将家庭管理得井井有条外，它还承担着保护家庭的重任。

大帅群体得到的非同一般的待遇受到了众野马的瞩目，尤其是公马群的马，它们争相跑到与大围栏相邻的铁门边，遥望大围栏内的母马，眼睛里充满了羡慕。这也引来其他各场地头马们的嫉妒，它们心里感到很不平衡：大帅有什么了不起？它哪些地方比我强？它凭什么拥有那么多的妻室？凭什么占有那么宽广的地盘，有本事，就过来和我比试比试。

于是，种马们经常用蹄子使劲地敲击大门，主动向大帅宣战。

对于有意挑衅滋事者，大帅并不会置若罔闻，它会冲过去与它们奋勇格斗，它要给它们点颜色看看，好让它们心服口服。有时大帅跑得过猛，到了大门前收刹不住，伸长的脖子或头常会"哐"地撞到栏杆上。它们就这样经常隔着栏杆或大铁门争斗，用蹄子狠狠地踢打大铁门，或将头伸过栏杆追咬对方，两耳向后抵，怒目圆睁，头颈前伸，嘴里不时发出粗重的哼哼声恐吓着对方。最惊心动魄的时刻，就是两匹公马同时立起，用两个前蹄像

拳击一样对打，持续几秒钟后，它们"忽"地将两只悬空的前蹄放落到地上，继续奔跑，相互追逐，相互扑咬对方。

打斗期间，头马们常会在大门前或围栏边扬尾排粪，或再撒泡尿，这就算是"跑马圈地"了，通过粪尿划分出自己的势力范围，并警告对方不准侵犯自己的地盘。当你走到大铁门边时，一定可以看到一堆堆的马粪，那是公马们示威与警告的象征。群体内的其他母马撒尿或者排粪后，头马都会跑到跟前嗅闻一通，然后再在上面撒泡尿或者也排一点粪，或许头马是通过这种方式表示对自己妻儿们的识别和占有吧。

（三）

我经常看到大帅抬头北望。

它那坚定中带着忧郁的身姿经常会让我去揣测：它在想什么呢？

北方是水草丰美的卡拉麦里，是准噶尔最甜蜜的土地，是100多年前野马们最后的故乡。也许从遥远的北方吹来的卡拉麦里的风里带着故乡亲切而忧郁的呼唤吧？也许那苍茫的大地唤醒了它对祖先留在血脉里追逐狂风的记忆吧？故乡就在前面，大帅却止步于围栏。

大帅已经不是一匹年轻的马了，它的年龄已相当于人到中年。

我当然知道野马研究中心多年来所有艰辛的全部指向就是野马归野。我也知道第一个率领马群冲出围栏走向荒野的头领很可能就是眼前这匹英武神勇的准噶尔大帅。它也知道吗？它准备好了吗？自从我做过那个神秘的天马之梦，我总觉得自己与野马已能进行真正的交流。但我现在似乎仍然读不懂这位深沉的头领的心思。我想大帅一定

在渴望着重回卡拉麦里，重新自由自在地飞驰，而不愿像其他的野马一样，无奈地屈死在围栏里。

每次望着大帅凝神眺望的身影，我似乎都可以感受到一种自信与勇气交织着的渴望，一种忧郁与坚忍交融着的压抑。我真想走进它的心，看看里面有多少理想与现实冲突的无奈与坚持。

我一向以为，野马研究中心工作的全部意义就是为了让野马有一天能自在随心地生活在准噶尔卡拉麦里自然保护区内，重新展示它们的野性之美。野马重归自然的意义不仅是一个物种保护的成果，它更大程度上代表了人类自然意识的回归，代表了人类重新在这个星球上确定了自己合适的位置。人类不是上帝，但在这个星球上肩负着自己的责任。野马有着6000万年的演化历史，它进化的足迹清晰、完整而漫长，每一匹野马都是一个活化石，都是一座基因库。这对寻找生物进化规律、探索生物基因领域奥秘有着其他动物不可替代的作用，显得无比珍贵。几千年来我们与它生死相伴，它也是我们最古老的朋友，我们不能失去它。重归大自然，这是野马这个物种目前唯一的生存选择。野马命中注定，必将重新踏上征服荒野的险途。这一里程碑式的壮举命中注定地降任于神勇英武的大帅。大帅终于等到了这一天。

2001年8月28日，这是一个值得纪念的日子，以大帅为首的27匹野马像箭一样地投向了大自然的怀抱，义无反顾地踏上了一条难以预料的凶险之旅，这激动人心的时刻永远载入了史册。我默默地为它祈祷，为它加油，希望它成为一个勇敢的开拓者和成功的探索者，为野马的回家之路披荆斩棘，为自己衰微的族群开拓出新的生路。多么渴望看到成千上万匹野马在准噶尔盆地上自由驰骋，在天山脚下往复纵横。无数同样渴望自由的灵魂，与它们一同在无边的旷野里自在随心地奔驰，享受自由的快乐，体味自由的美感。

准噶尔英雄

　　2001 年 12 月，也就是野马野放后的第一个冬天，一场大雪过后，气温降至零下 35 度。为了躲避成千上万牧民转场家畜的干扰，首批野马野放群头领大帅带领家族毅然南下，越走离野放站越远，渐渐从监测者的视野中消失。经过四天三夜地毯式的搜寻，工作人员终于在野马放归区以南 100 公里外的古尔班通古特沙漠中找到了失踪多日的 20 多匹野马。当人们用苜蓿草将群体引回围栏时，由于长途跋涉，缺吃少喝以及之前与家马群发生了激烈的冲突，头马大帅已筋疲力尽。它那日益瘦弱的身躯，它那伤痕累累的身躯、它那疲惫不堪的身躯，它那曾是英姿勃勃的身躯，最终被无情的雪原吞没，带着无尽的留恋和未酬的壮志，这位英雄的先锋头领，永远地闭上了双眼，英雄的泪水冻结在眼角，如珍珠一般闪耀着璀璨的光芒。这个冬季，先后有 7 匹野马在大雪中丧生，损失极其惨重。荒原的狂风在无休止地哀号，大片大片的雪花洒向了开拓者的尸骨，多灾多难的野马呀，在回家的路途上，究竟要历经多少坎坷多少险阻，才能成为真正的自由之主。

　　大帅牺牲后不久，它的弟弟野马王子——准噶尔 49 号和另一匹公马准噶尔 77 号去野外接班。在来之前，野马王子已战败群雄，当上了光棍马群的头领。来野放点后没几天，它就轻而易举地打败了对手准噶尔 77 号，当之无愧地坐上了野放群的新头领的宝座。当时群里的母马大部分已怀了大帅的孩子，2012 年

春天大帅的孩子出生时，野马王子——这位继父，残忍地将它们一个个杀死了。其中第一匹5月份出生的"皇后"准噶尔15号的孩子，一出生，野马王子就像恶狼一样，一口咬在小马驹的脖子上，小马驹断了气。马妈妈伤心地站在孩子尸体旁，痛苦地嘶鸣着，急切地呼唤着自己的孩子，不时闻闻它，用嘴舔舔它，多么希望孩子能够醒来。它久久地守在孩子身边不愿离去，不吃也不喝，眼里充满怒火、仇恨和无限的哀伤，王子几次过来赶它回群，它都表示了强烈的反抗，去咬它、去踢它，恨不得把它撕扯成碎片，为死去的孩子报仇。直到夜色吞没了卡拉麦里荒原，呜咽的夜风中，准噶尔15号还在死去的孩子身边悲痛欲绝地守着，似乎要永远这么守下去……

野马在圈养时，就有杀婴的现象发生，但我依然不愿相信温顺英俊的王子会做出这种残忍的事来。其实，杀婴行为在很多动物种类中存在，如在啮齿类、灵长类、鸟类和鱼类等。同样，如果野马繁殖群的头马发现妻子所生的孩子不是自己亲生的时，就会把新生的幼驹咬死或踩死。在圈养情况下，可以通过人为控制，避免杀婴情况出现。但到了野外，在大自然中，野马都是自由组建家庭，特别是在放归初期，种群头领更迭频繁，很多无辜的野马小生命，在刚刚来到这个世界，就会惨死于继父无情的钢牙利齿下。

2002年5月，野马研究中心又向野马放归了5匹2～5岁的后备公马。被王子战败的准噶尔77号及被王子赶出家庭的两

个小公马也加入了这个后备公马群。经过一年的适应，第二年春天，小公马们都长成身强体壮的大公马了，这群光棍汉们，开始摩拳擦掌，跃跃欲试，准备向野马王子发起挑战，从它那里抢媳妇了。以前，在围栏里，一代代的光棍汉们没有机会施展自己的功夫，即使打败所有公马当上头领也只能对着母马们干瞅，没有人的允许，它们就没有机会讨老婆。现在机会终于来了，回到大自然自由的怀抱中，完全可以靠自己的能力找媳妇了，公平竞争，不受人的干预，对野马家族来说，盼这一天盼了有一个世纪了。在围栏中，一切由不得自己，完全任人摆布，它们已憋屈了太久。如今，春回大地，正是公马们精力最旺、爱的渴求最旺盛的时期，讨老婆的时间到了。可是到哪里去找老婆呢？只有王子占有一大群美女，它一个人独占这么多美女，公马们早已看在眼里，妒在心里。于是，公马们开始尾随王子的群体，时常在王子的群体附近晃悠溜达，准备瞅准时机，把王子打败。

一天，公马群的头领，小个子准噶尔 72 号首先向王子发起挑衅。它大胆地走近一匹年轻漂亮的母马，把头凑向母马的脸，准备向母马求爱。野马王子见后赶紧冲过去，瞪着眼睛，两耳向

后抿，伸长脖子，一口向准噶尔 72 号的脖子咬去。准噶尔 72 号机警地躲开了。随后，它又面无惧色地走到王子跟前，与它并排，用肩扛了一下王子的肩，王子回顶了它一下，弓起脖子，前蹄刨刨地，扬起尾巴，排出一堆热气腾腾的粪球，嘴里发出低沉的吼叫，也许在说："小子，给我赶快滚开，这是我的地盘。"就这样拉开了战斗序幕。紧接着两匹马你追我咬地战斗了很多回合，也没分出胜负来。当两匹马都打累时，准噶尔 77 号又趁火打劫，向王子发起了进攻，想趁此打败王子，以解一年来失败的屈辱和怒气。虽然很累，但王子对准噶尔 77 号似乎有些不屑一顾，无心与它战斗，当准噶尔 77 号冲过来时，王子只是躲一下，不想跟它浪费时间和精力。但面对准噶尔 77 号越来越猛的攻势，最后王子还是发火了，也许它想"老子总是让着你这个手下败将，你小子居然蹬着鼻子上头了，看我不给你点颜色！"冲上去对着准噶尔 77 号头、脖子、屁股狠狠地撕咬起来，两匹马顿时扭打成一团，在地上打着转，互相咬对方的尾部。准噶尔 77 号尾根处被咬出了血，挣脱后跑开了，王子又紧追上去，冲锋的样子像火箭一样，威风凛凛，势不可挡。直到准噶尔 77 号跑到公马群，

王子才折了回去，不想再与它打了。

　　此后，战火频频，特别是到了夏季，战火还不断升级，因为公马们不仅要为争夺母马战斗，还常为在水源地争水喝而发生战斗。夏季的卡拉麦里极度炎热，特别到了 7 ～ 8 月份，气温常在45 度以上，火球一样的太阳炙烤着大地，让人感觉稀少的水源瞬间就会蒸发干净。据野马监测站的监测人员介绍，野马放归区内零星分布着几处地下泉水，多数泉水都有一个共同的特点，就是基本没有外流的出口，水分源源不断地被蒸发到大气中，盐分却不断地累积在水体中，泉水周围形成厚厚的白色盐结晶。水中盐分含量远远超出野马所能耐受的极限，喝上这种水反而会让野马更加口渴。在野马监测站附近只有一处水源，因地势原因，有一股细细的水流向低处流淌，因此水中盐分含量较低，基本能满足野马的饮水要求。干旱月份，野马群体经常在此相遇，相遇后头马会因竞争水源经常发生冲突。2003 年第一次分群后，新形成的两个群体必须共用同一个水源，导致两个群体相遇的机会增加，头马间也就经常发生激烈冲突。在干旱年份，工作人员常看到饥渴的野马焦急地用前蹄从黑泥中刨水喝，还有饥渴的野驴和鹅喉羚不停地在干枯的水源附近用前蹄刨开沙土，排着队等待喝慢慢渗出的地下水，也有部分饥渴难耐和无经验的幼体直接喝高矿化度或变质水，使得很多个体还没有来得及离开水源就已经毙命。在一处水源周围和水中，工作人员就找到几十具蒙古野驴、鹅喉羚及鸟类等动物的尸骨。这时，工作人员只好用挖掘机对水源进行清淤和深挖处理，使清澈的地下水涌出，解决野马缺水问题，不然，放归的野马很可能会因缺水而死亡。

　　为了打败王子，公马群团结一致，向王子发起了车轮战，试图抢走王子的老婆们，它们的进攻一次比一次疯狂。面对这种无休止的战斗，野马王子日渐体力不支，消瘦不堪，身上满是伤疤，终因寡不敌众，于 2003 年 9 月被打败，妻儿们被光棍汉们瓜分，分成了 3 个家庭，自己则成了孤独的流浪汉。而那些没讨上老婆的光棍们依然在一起。王子却不愿加入那些助纣为虐的帮凶队伍中，它们害得它妻离子散，王子见到它们就恨得咬牙切齿，离它们远远的，离那些正得意忘形的新头领们也远远的。它

野外繁殖成功
的第一匹野马
"野1号"

就这样跟孤魂野鬼似的在荒原中游荡着，妻子被霸占的痛如万箭穿心一样折磨得它不思吃喝，难以入眠。王者的尊严就此全然扫地，它多想立刻夺回属于自己的一切，恢复往日的威风啊。卡拉麦里的风怒吼着，怒吼着，王子也不时凄苦地对天大声长嘶几声，好让自己心里好受一些。

专家说，野马放归种群面临六大难关：一是适应自然环境中的食物和水源；二是抵御天敌；三是度过冬季严酷的生存条件；四是成功繁育后代；五是与相似资源需求的其他动物竞争生存资源；六是维持种群遗传多样性水平。每一关口的成败都关系到野马的野外生存和最终的成功回归自然。刚刚回归自然的野马王子，挑战着一路的艰难险阻，这一年多来，遭遇了多少艰险和血雨腥风呀。令人欣喜的是，2003年春天，它的第一个孩子，也是野外第一匹真正

的野马"野1号"诞生了！它如一个新生的小太阳，在卡拉麦里荒原升了起来，发出了稚嫩而响彻世界的嘶鸣。而这一幕，人们已有100多年未见过了，而今，这昔日准噶尔荒原的佼佼者，又骄傲地在故土重新站起来了。这是一个多么鼓舞人心的喜讯呀，标志着野外繁殖取得成功。野马研究中心的工作人员激动得几夜都合不上眼。王子征服妻子们后，几乎使它们个个都怀了孕。因此紧接着王子的孩子接二连三地出生，共生了7个孩子，其中3个儿子4个女儿，在严酷的自然环境及战火纷飞中，当年成活了3个野外新生代，这已是非常值得庆幸了。王子在血雨腥风的

洗礼下也变得越来越坚强了，因为回归了自然，成了大自然的孩子，从小就必须学会坚强。只有不断地搏击自然，不断地迎接各种挑战，才不愧野马的称号，才不愧英雄的称号，因此，野马的一生注定是拼搏的一生，注定是英雄的一生。大自然的法则，不可抗拒，自由竞争，强者生存，大自然不会为弱者掉同情的眼泪。

野马的天敌——狼还时刻虎视眈眈地盯着它们。野放的第一个冬季，当人们在雪野里找到失踪的野马群时，就发现有一匹小马驹后腿被狼咬伤。2003年春季，野外小马驹出生后，狼对野马的威胁就表现得日益突出起来。因为狼对付大马特别是马群较困

难，它们的主要进攻目标是小马驹。在蒙古国野马保护区，狼群活动十分猖獗，每年都会有很多马驹葬身狼腹。在卡拉麦里保护区野马监测站，监测人员发现常有群狼在野马群周围活动。2003 年 7 月的一天中午 1 时左右，工作人员发现在距野马群侧面不到 300 米处有一只狼坐在地上，正向野马的方向观望着，工作人员用望远镜观察起狼的活动，当那只狼发现人后向远处的山坡慢慢跑开了。这时在野马群前方 500 米左右又出现一只狼，两只狼汇合后向远处的沟谷地带慢慢跑开，最后在工作人员的视线中消失，把当时在场的工作人员吓坏了。2003 年 8 月的一天，工作人员发现繁殖群内的一匹野外新生幼驹的右后腿被狼咬伤，伤口足有 10 厘米长，鲜血染红了整个后腿。后来，还发现一匹被狼咬伤脖子的小马驹，赶紧将它送去保护站抢救，结果它因抢救无效而死亡。在野马的活动区内工作人员还发现了好几个狼窝。

野马王子除了跟挑战它权威、一心想取代它王位的众公马们战斗，还得跟整天盯着野马群的狼群周旋，为了保护群体，还会与狼群展开激烈恶战。这一年，能在野外生存下来，对它来说，是多么不易呀。除了要适应夏季缺水、冬季缺吃的艰难，除了跟公马群打架，跟狼斗，它还得迎战跟它们抢食及企图勾走它老婆们的家马们。

卡拉麦里保护区是新疆北部阿勒泰富蕴县牧民的冬季牧场。冬季牧民转场时，成群成群的马、牛、羊及骆驼等家畜地毯式啃食放归区内的

植被，造成野马冬季食物不足。这时野马群和家马群之间的争斗时有发生，在打斗时家马往往占上风。为了争夺食物资源，保护家族，野马王子准噶尔 49 号不可避免地要跟马多势众的家马发生搏斗。跟野马抢吃抢喝且不说，更可恨的是家马公马还会勾引王子的美娇妻们，这可让王子是可忍孰不可忍，宁可头破血流也不能让家马抢走自己的妻子。一旦家马公马成功掳走野马母马，并且杂交产生后代，这将对保护野马的纯种造成极大威胁，对野马野放造成致命影响，将会使野马野化事业前功尽弃。与家马的争斗更耗费了野马王子的大量体力，而即使四面受敌，它依然以极顽强的意志力战斗着，战斗着，直到生命的最后一刻。

被众马打败的野马王子默默地舔着伤，不，它没有输，它只是太累太累了，需要好好休息一下，等缓过劲来，它一定会再去战斗，重振雄威。霸占了野马妻儿的公马们因渴望太久，又是第一次与母马们接触，显得有些迫不及待，热烈地向美女们发起了爱的攻势，甚至为此废寝忘食。而当时母马大多已怀孕，或已过了发情期，所以，这些母马不但不接受新头领的爱情，还对新丈夫又咬又踢，有的还试图离家出走。害得新头领不停地跑来跑去，把想逃走的新媳妇追回来。为了爱情，新头领累得一塌糊涂，依然痴心不改。

这时野马王子的伤已基本养好，向夺走她妻子的 3 个头领发起了进攻。它首先不费多大劲打败了准噶尔 77 号和 82 号，夺回了这两个群的母马。这让它一下恢复了信心和尊严。随后它又向实力最强的准噶尔 72 号发起了猛烈攻击，由于两者势均力敌，这次争夺战持续长达三个月

之久。在战斗的过程中，野马王子添了不少新伤，同时旧伤也复发，变得日渐衰弱，加之冬季来临，食物匮乏，它体力严重不支，最终它拼尽全力，在最后一次搏击中轰然倒下，倒在卡拉麦里无垠的雪野之中，再也没有起来。

此时，整个雪原，向这位准噶尔大地的英雄肃然起敬，它的对手们也向它肃然起敬，卡拉麦里的风在哀嚎着，为这位英勇无畏的战士的离去而悲恸。而我想，这不屈的魂灵，这自由的魂灵，这诗意的魂灵，是不会死的，它会永远活在人们心中。

德国种马轶事

（一）

　　新疆野马繁殖研究中心先后从英国、前东德、前西德、美国引进 18 匹野马，中心繁育的 200 多匹野马都是这 18 匹野马的后代，近亲繁殖不可避免，近交衰退日益突出。为了改善野马的基因，优化种群质量，减少近亲危害，根据野马繁殖研究中心和德国科隆动物园及美国史密桑那国家公园签订的三方合作协议，2005 年 9 月，德国科隆动物园为新疆野马繁殖研究中心无偿捐赠了 6 匹作为种用的公马，其中一匹当年 9 月病死，一匹 2006 年 4

2005 年从德国引进的 6 匹野马抵达乌鲁木齐机场

月打架致死，其余 4 匹于 2006 年 4 月组建了 4 个繁殖群。

作为野马繁殖研究中心的一名专业技术人员，我主要在 2005 年入冬及 2007 年春季对剩余的 4 匹德国马进行了观察，发现了很多有趣、新奇的故事，希望能与关注野马、特别是关注德国引进野马近况的人们分享。

野性十足、霸权好斗的艾蒙

那是 2005 年初冬，5 匹德国野马通过检疫隔离期后已由隔离区放至饲养区的 6 号场。其中 6 岁的艾蒙很快征服了其他的 4 匹野马，成为这个公马群体的头领。

艾蒙模样长得很特别。它的毛色比其他马要白得多，浑然一体的淡土黄色，只有尾巴下半部、四肢下部及鬃毛上一圈黑边颜色较深些，四肢上数道黑色横纹比较醒目。艾蒙个子也比一般的成年马小，四肢和脖子都短粗，看着小但粗壮结实，短小精悍。它的头侧面看上去不像其他马那种三角状，有点半椭圆状，也就是说，不似马头，更像驴头。

艾蒙看上去很凶，野性十足。每次见到它，总见它耳朵向后抿，目露凶光，眼球突出，不时翻着白眼，伸颈龇牙地向其他马或靠近它的人示威或冲上去攻击。它颈上短而稀疏的鬃毛因多处被咬掉显得参差不齐。它的脖子、腹部、腿部有很多处伤疤，有的地方被咬掉了皮毛，它却始终保持一副威风凛凛、霸气十足的样子，像是战斗英雄佩戴了多枚勋章似的。

艾蒙统帅的摩林和乔治两个部下时刻伴随它的左右，它们占领了6号场大部分地盘，把兰多和小罗森两匹马逼到西栏杆处狭小的活动范围内，用一堆堆马粪划定界限。一旦兰多和小罗森侵犯了艾蒙的势力范围，艾蒙就会过去咬它们，把它们赶走。对于艾蒙的霸道行径，兰多也试图反抗过，但都以失败而告终。采食的时候，艾蒙常不让兰多和小罗森吃草，等它吃饱了它们才吃些剩草残渣。有时兰多会饿得捡地上捆草用的草绳吃，它和小罗森一天天地瘦了下来，经常无精打采地在沿着西栏杆低头转悠。

对于自己的两个手下，艾蒙则实行霸权统治，把它们管制得太严格了，从未见过其他头领像它这样管下属。采食、饮水、休息等都由它发号施令，由它带领统一行动，谁要是不听指挥单独行动，就会招致艾蒙的无情踢咬。这种管制使块头最大最健壮的乔治几次想叛逃，都被艾蒙追打了回来。

最多的战争不是内部，因为在内部艾蒙也找不到对手，总是

2005 年从德国引进的 6 匹野马抵达乌鲁木齐

它在欺侮其他的马。5 号场与 6 号场相邻的栏杆处战事最为频繁。一天，透过由胳膊般粗的钢管组成的约两米半高的围栏，艾蒙驻足张望片刻后，用一只前蹄向下端钢管敲击起来，像是擂打战鼓似的向黑风发起挑战。对于德国小个子艾蒙的有意挑衅，正在采食的黑风起初并不理睬，或许是根本不屑一顾，但艾蒙不停地频频用前蹄敲击铁栏杆，似乎在说："别以为你个头大，打架你能打得过我吗？怎么，怕了，不敢过来是吧？"惹得黑风不得不过去好好教训一下它。

黑风是国际巨星成龙 2005 年 11 月来新疆认养、并以他主演的电影《神话》中的坐骑黑风命名的一匹野马。它已经 11 岁了，正值青壮年，它的父亲是当年引进的 18 匹野马中唯一幸存的公马——美国野马万顿，母亲是最优秀的繁殖母马——前东德野马布鲁尼。黑风并不是像它的名字一样有着黑色的皮毛，实际上毛色像母亲一样较白，身体长得像父亲般魁梧健壮。它的头部宽而硕大，眼睛黑亮有神，透露出坚毅的光芒，鬃毛像是理了板寸似的齐刷刷地直立于颈部，低头采食时与地面形成弯曲弧度，在霞光中熠熠生辉，如同挂了一道彩虹般迷人，跑起来就像一面战旗在招摇。它看上去雄姿勃勃，神情狂野，浑身上下散发着征服一切的自信和勇气。

优良的基因和强壮的体魄让黑风在4岁那年就从被称作"光棍营"的公马群中脱颖而出，被选为种马，与7位与它年龄相当的年轻母马成了家。很快它就将妻子们全部征服，成了一位优秀的头领。在配种、管理群体、战斗等方面一直表现得很出色，它的家族迅速壮大，它把家庭管理得井井有条，备受妻儿们的爱戴和尊重。当上了头领后，黑风时刻面临着来自于相邻场地其他头领的挑战，它们常隔着栏杆或大铁门争斗，黑风英勇无比，百战百胜，成了一位赫赫有名的战神。

黑风头颈前伸尾巴后仰像箭一样冲过去，由于跑得过猛，到栏杆前有点收刹不住，头差点撞上钢管。它怒目圆睁，耳朵倒伏，喷着鼻息，喉咙里发出粗重的吼声，表示对艾蒙的示威和恐吓。艾蒙也毫不示弱地发出吼叫声，两匹马怒目相视后，身体相抵，肩部互相顶撞到钢管上，发出沉闷的撞击声。战斗欲望较强的艾蒙猛然将头伸过栏杆向黑风脖子咬去，黑风轻轻一闪躲开了，任艾蒙将脖子用力前伸，眼珠鼓得快要进出，前胸挤压住栏杆想继续再咬，却没咬到。黑风沿着栏杆向前跑动起来，艾蒙缩回头向前追去，不时把头伸过去咬黑风，黑风总是很快闪开，仿佛是在有意戏弄艾蒙，并没有真心与它战斗。趁艾蒙又恼又累呼呼喘气之机，黑风上去在它颈上使劲咬一口，咬住不放，艾蒙疼得将脖子用力外拧，企图挣脱，鬃毛被咬掉一块，流出了鲜血，它气得忽地立起，悬起两前蹄，想要冲过栏杆狠狠还击对手，结果两前蹄打在钢管上。黑风也跃起更高的高度，两匹马就像是在对着打拳击似的，击得钢管发出"哐哐"的响声。数秒钟后，黑风两只悬空的前蹄放落到地上，继续奔跑，两匹马相互追逐，相互扑咬对方，有时屁股对准栏杆，扬起两后腿向后狠命踢去，下层较细的钢管会被踢断或踢变形，较粗的钢管也因冲撞过猛变得像蛇一般痛苦地扭曲着。打斗期间，特别是在黑风取得胜利后，它骄傲地昂起头，将尾巴高高翘起，在栏杆边神气地将一串串粪球排出，或者再撒泡尿，这是在警告艾蒙不准侵犯自己的地盘。

由于在德国生活环境的差异，艾蒙对围栏是较陌生的，也不习惯于隔栏相战。但黑风却对围栏战很有经验，它冲、咬、躲等动作快速而敏捷，而且下口总是又准又狠。艾蒙却显得笨拙得

多，它颈上短而稀疏的鬃毛因多处被咬掉显得参差不齐，它的脖子、腹部、腿部有很多处伤疤，它却始终保持一副威风凛凛、桀骜不驯的样子。栏杆边地面上留下一撮撮被咬掉的毛，而黑风总是毛发无损。

尽管如此，艾蒙从不服输，屡败屡战，愈挫愈勇，不过它常会战后立即把矛头对向它的手下，拿它们出出气。

头领的屡战屡败也许让手下们感到很没面子，后来其他几个德国马，如个头较大的兰多和乔治也争先恐后地投入到与黑风的战斗中，黑风总是勇敢地应战，每次都是以寡敌众，大大剎了好斗的德国野马的威风。随着战火的不断升级，在2006年4月的一次战斗中，乔治后肢动脉被咬断身亡。

自从成了家后，艾蒙渐渐变得温顺多了，人靠近它，它也不再咬人，还会主动与人亲近。现在它的5个妻子有4个怀了孕。它可不对妻子们实行霸权统治，而是对它们温存有加，给它们充分的自由，它们的行动很随意，无拘无束。艾蒙群被放入封闭的小草库内，艾蒙显得安静多了，颈上的毛齐刷刷地茂密起来，膘情也好了许多。

优秀帝王、趴墙高手兰多

2016年4月，乔治等野马也跃跃欲试地投入到与黑风的围栏战中，结果乔治战死。德国捐赠的6匹公马在7个月内已有两匹死亡，其他的膘情也大大下降。这些消息传到德国科隆动物园园长兹莫曼女士耳里，她深感痛心。兹莫曼指出必须让公马生活在封闭式互相看不到的圈里饲养，并提出了对野马中心现有栏养圈舍的改造建议。

我们立即采取了隔离措施，同时给公马加料改善营养。兰多和它的5个妻子一起被隔离到四面都是砖墙的小草库内。等兰多身体恢复好后，不打架使它显得有些焦虑不安，虽然看不到对手，但它可以听到东西两面墙后马活动的声音，它沿着墙跑来跑去，居然会猛然立起向3米高的墙趴上去，把两只前蹄搭在墙顶部，想跨过墙去与对面的野马打架。一来二去，兰多趴墙成了习惯，把墙顶部的砖一块块用蹄子拆下来，最多有十几层砖被拆下

来，墙上出现一个个凹槽，地上则满是烂砖碎石，一片狼藉。我们把兰多打坏的墙砌好后，又被它打坏了，真拿它没办法。

后来，兰多被隔离到跑道内一个圈里，有一面墙与黑风所在的6号场地相邻。谁知兰多安定了没几天又故伎重演。最近，我来野马研究中心见到了久违的兰多，它的膘情好多了。走近细看，它那凸出的眼眶上在引进时马箱上碰的伤疤依然还在，目光黑亮有神，它的毛色较深，鬃毛黑而密，两前腿上有多处趴墙造成的伤疤。两只前蹄腕后面长着黑密的毛，野草般地乱蓬蓬地乍着，像是为趴墙专门戴上的"护腕"似的。它的身体比较匀称、精干、紧凑，尻部肌肉发达健美，向上凸出较明显些，与腰部形成下凹的优美弧度。好久不见，它主动走向我，嗅闻我的衣服，仿佛是来向老朋友打招呼。

兰多5个年轻貌美的妻子全部怀孕了，真让人感到惊喜！兰多真是太优秀了！可是妻子们都怀了孕，这使兰多过于旺盛的精力没有了用武之地，于是趴墙趴得更频繁了。黑风以前从未趴过墙，面对兰多这位手下败将的挑战，它当然不甘示弱，它也开始投入到这种新式的战斗中，积极趴墙迎战，只是身体较肥硕的它动作显得不那么灵活而已。可它趴的高度并不比兰多低，趴上

墙后两后腿在地面支撑的时间也不比兰多短，这就是胜利。它们最多只能趴上去互相望到对方的大半个头，两只前蹄也够不着对撞，往往来不及打架就支撑不住下来了，然后在墙边排粪，以示警告"不准侵入我的地盘！"

挑剔并搞"婚外情"的摩林

摩林5岁了，体格显然比两年前大了许多。它毛色金黄，腹部的白毛面积较大，鬃毛较长，齐刷刷地直立于颈部，形成美丽而弯曲的弧度，走动起来轻轻摆动，跑起来更漂亮，仿佛是一面战旗在风中招摇，在金色的霞光里，更是多姿多彩，熠熠生辉。它头部宽而硕大，下颌骨突出，咀嚼肌发达，膘肥体壮，雄姿勃勃。只是它的尾巴在打架时被咬得只剩下半截了，但这并不影响它俊美的外形，它算得上是4匹马中长得最酷的一位了。

摩林一共有7位妻子，其中有6个年龄都比它的年龄大。7位妻子中只有当年人工哺乳长大的孤驹雪莲花怀了孕，看似如此雄壮威武的野马，为什么多数妻子都空胎呢？不得不让人产生疑问。

很快，我发现，摩林正与6号场母马群一匹漂亮的小母马热恋呢，它居然搞起了"婚外恋"。它常常将头伸进栏杆热切地亲吻它，有时把脖子全伸过去，前胸部用力地向栏杆挤压企图将整个身体都挤过去。有时它们并排沿着栏杆跑动，摩林跑动得更加疯狂，嘴里发出急切的呼唤声。天长日久，地面上跑出两条平行的小径。有时摩林用前蹄用力地踢打胳膊般粗的铁栏杆，有时它用嘴啃咬栏杆，真想把这可恶的阻隔它们爱情的栏杆踢断、咬断，它甚至会立起，想跨越过两米半高的栏杆。那些备受冷落的妻子们会跑过来劝它，它不但不听，还会对它们一顿拳打脚踢。即使在它不与对面小母马亲热时有些妻子会主动上前向它示爱，它也不理不睬，有时还会伸头去咬或扬起两后蹄向妻子踢去。或许是它择偶比较挑剔嫌妻子老或是嫌它们丑吧，这不由让我想起当年黑风把一匹安排给它的年长的妻子咬伤的情景来。这也算是野马对人为包办婚姻的反抗吧。摩林最年长的妻子比它大10岁，是它最看不上眼的一位，这位妻子整日忧心忡忡，面容憔悴，越

发显得苍老了。

摩林并没有专注地全心投入，丝毫不顾妻子们的感受，以至于妻子们全部空胎，它多少还是要尽点丈夫责任的，至少它使美丽的雪莲花怀了孕。后来，摩林也对本场地年龄最小的那位妻子有了爱意，"婚外恋"的行为收敛了许多。可是这位受宠的小母马让其他妻子十分嫉妒，它们有时会追咬它，还常去干扰它与摩林亲热。

没地位的受气包小罗森

年龄最小的罗森已4岁了，虽然长得比以前壮实多了，个子也大了些，但在它身上却很难寻找到其他种马那种强壮、高大、威武的阳刚之气和王者之风，相比之下，它的身体长得如母马般纤巧、清秀，与其说它看起来仍像是一个未成熟的毛头小子，不如说它更像一个漂亮的青春少女。无论在以前的公马群还是现在的繁殖群，小罗森始终处于最低序列，很受欺侮。身为繁殖群的头领，它本应很好地管理妻子们并尽丈夫的责任。刚成家的第一天，它就遭遇了妻子们的群殴，躲在圈舍里三天不敢出来。谁知，一年之后，它的威信和地位还是没能够确立起来。小罗森的5位妻子都是年轻初嫁，比它大一到两岁，成家一年后小罗森竟然没让一个妻子怀上孕。

小罗森所在的1号场与被称为"光棍营"的公马群所在的8号场间有一扇大铁门，成龙认养的另一匹野马飞龙是"光棍营"的首领，它天天在铁门口站着，风雨无阻地痴痴守望1号场的母马。为了防止公马们隔门争斗造成意外，我们用铁皮将铁门原来足以伸进马头的空隙封了起来，留下两个半月形的孔隙

便于开门。飞龙只能透过此孔窥视心爱的母马们了，它常常踢打铁门，焦急地呼唤对面的"美女们"过来。母马们都争相过去与高大帅气的飞龙谈情说爱。不知道小罗森对妻子们的不忠行为是管不住呢，还是不敢管，对此，它总是置之不理，要换了其他头领，早就怒不可遏地飞奔过去暴打妻子了，同时还会与勾引它妻子的公马发生激烈争斗。

头马们隔栏争雄打斗是司空见惯的事，还未见小罗森对其他公马主动发起过进攻。即使它有时也会走到大门边站立与飞龙对视，那似乎也是出于一种好奇，无论飞龙怎样怒火中烧地踢打铁门想取代小罗森的位置，小罗森始终漠然视之，没有一点争斗之意。对于相邻2号场的头领美国马万顿，小罗森也一样无心打斗，每当万顿把头伸进栏杆来咬它时，它总是躲闪，很少去还击。但比飞龙强的是，万顿从不去勾引小罗森的妻子。因为万顿是位君子，十分忠于家庭、忠于妻子，妻子再老再难看它也不嫌弃，从来不搞"婚外恋"。倒是小罗森的有些妻子会被万顿这位老大叔吸引，主动走向栏杆边向万顿求爱。对于小罗森美丽的妙龄妻子，万顿不但不为所动，还常冲过去把它们从栏杆边赶走。另外，妻子中的任何一个都可对小罗森进行打骂，尤其是真正处于头领地位的美丽却凶悍的"黑皇后"打它打得最多，小罗森总是忍气吞声，"骂不还口，打不还手"。

起初我以为是不是小罗森对妻子们毫无兴趣呢？通过多天的观察发现其实并非如此，有时它的欲望来得更加热烈，母马发情时，它爬跨交配的次数高达连续十多次。可是因为它个子小，缺乏经验，没有一次能够成功地征服妻子，这可能是妻子们都不能怀孕的主要原因吧。

这让我在同情小罗森挨打受气的同时，不得不为它的繁育问题感到忧虑，但愿它快快长得高大一些，强有力地去征服每一位妻子，成为一个名副其实的头领！否则，它将会面临被淘汰的结局，将会为我们花费那么大代价引进公马又增加一份失望。

（二）

　　2006 年由兰多和艾蒙组成的两个后备野放群放归计划因故搁浅，2007 年野马研究中心准备继续实施该计划。但是这两个群的母马基本都怀孕临产，前期的野放经验表明，圈养新生幼驹很难抵御放归地的恶劣自然环境。为了减少不必要的损失，2007 年 4 月 1 日，野马研究中心将兰多和艾蒙群的怀孕母马全部调出集中成一个群，又给这两匹马及另一匹德国种马罗森分别调配了 5 匹母马，重新组建了家庭。

　　德国种马婚变后的情况如何呢？通过近一个月的磨合，德国种马与新婚妻子关系发展的如何？它们能彼此互相接纳、和睦相处吗？请看看它们的新婚故事吧。

"白马王子"艾蒙遭遇爱情风暴

　　被称为"白马王子"的艾蒙的 5 位新妻子是软弱无能的受气包小罗森的前妻，它们与罗森结婚一年却仍都是处女马，当然不是温柔娇羞的处女，而是脾气日益暴躁的处女。当它们见到英俊威武的艾蒙后，立刻被它那无与伦比的雄性风采所深深吸引，终于见到梦中的白马王子了，那种难以抑制的激动和喜悦促使它们顾不得害羞纷纷向艾蒙簇拥而去，争先恐后地对艾蒙嗅啊、吻啊，没完没了，像是粉丝们见了自己渴慕已久的明星般疯狂。

　　当时艾蒙正沉浸在与前妻们分别的悲痛里，从下午一直到深夜，苦守在大门边张望它根本就无法望到的妻子们，嘴里发出深情而忧伤的呼唤，一直在发疯地跑动着。茶饭不思的前妻们听到丈夫的呼叫后跑得更疯狂了，它们声声回应着，悲悲切切的嘶鸣声在夜空里回荡着，连星星们都被感染得泪光闪闪。哪像小罗森的前妻们，对于与丈夫的离别，不但没有半点伤感，还个个欢天喜地，欣喜若狂，其实它们早就巴不得离开那个没用的前夫了。对新妻们突如其来的爱情风暴，艾蒙没有心情搭理，至少当天始终是无动于衷的。

　　第二天，新妻子的发情期同时来临，这对未进入发情高峰期的野马是极为少见的，它们争相对着艾蒙翘尾弄姿，这提前到来

的异常猛烈的爱情风暴简直把艾蒙围困得有些透不过气来。但它还是激动不起来，显得同往常一样沉稳和出奇的冷静，步态如狮子一样缓慢而有力。随着天气转暖，它厚厚的冬毛基本已换完，显得更白更亮，威风凛凛，王者气派十足。面对妻子们的强大攻势，它总是不紧不慢，冷冷淡淡。然而妻子们那如火山般爆发的爱火来得猛烈，去得也迅速，在短短一周内几乎全部熄灭，当它主动去向妻子们求爱时，频频遭拒，搞得艾蒙有些不适应，等下一个发情周期来临还得三周左右时间，这似乎比等待前妻子们11个月的妊娠期还要漫长，真让艾蒙难以忍受。于是安静了很久的艾蒙又想起了打架，四面都是高墙没有什么可打的，它就冲向大门上的木头，啃咬木头以泄愤。它在离大门十几米远处起跑，然后加速、跳跃、啃咬，反反复复，不知疲倦，像是一个篮球运动员在玩三大步投篮似的。也许这样远没有像与其他公马面对面交锋那样打得痛快淋漓，所以艾蒙常常回过头来，冲过去撕咬妻子，妻子们一个个飞起后蹄还击。

受欺的小罗森"旧恨离去，新欢难欢"

受尽前妻欺侮的小罗森一定早就恨透了那些野蛮无比的"泼妇"们，离别对它来说真是一件渴望已久、大快人心的好事，就算打一辈子光棍也比跟这帮"刁妇"在一起强百倍。所以它对前妻没有一丝一毫的留恋，也和前妻们一样为脱离苦海而心花怒放。

更让小罗森欣喜的是，来了5个看上去温柔漂亮的三四岁的小妹妹，这回可能再不会受欺侮了吧？激动之余，它主动上去跟小妹妹们打招呼，谁知还没等它走近，就有两匹个

头稍大些的妹妹抢先冲过来咬它，让它好失望！好伤心！以后的日子，那几个新妻中的4位，都像前妻一样，动不动就向它示威，或者踢它、咬它，它依然是忍气吞声，从来不还手。只有一匹又瘦又小的母马愿意跟罗森在一起，它看上去只有2岁，尚未成熟，因为它是原先小母马群里最受欺侮、地位最低的一位，与4位姐妹一起嫁给小罗森后，它仍受到姐妹们的排斥与白眼，所以自然与同病相怜的小罗森走到了一起，尽管这个仅比自己大1岁的小哥哥对来自于其他姐妹们的欺侮无能为力，根本起不到保护作用，可这样它们彼此也能获得一种慰藉，不至于太孤单。所以，它们的关系日渐亲密起来，总是形影不离，互相梳理皮毛，一起散步，一起吃喝，这样多多少少给彼此缺少温暖的生活增添了些乐趣。

4月11日，那4个结为一伙疏远小罗森的母马中的一位叫黑妹的野马发情了。可是它不去与小罗森亲近，好像小罗森根本就不存在，或者说这个家里根本就没有"男人"似的。小罗森起初也不去理睬黑妹，后来小心翼翼地试着靠近过，结果迎来黑妹的一阵连环飞腿，吓得它赶紧躲开了。

黑妹与其他3位姐妹宁愿去与相邻8号场光棍营的头领——成龙认养的野马飞龙隔门谈情，或是去向相邻2号场的头领美国老马万顿示爱，也不愿理睬年轻帅气的丈夫小罗森。万顿从不去勾引小罗森的妻子。当美丽动人的黑妹主动去找美国老大叔万顿示爱时，万顿像对小罗森的前妻们一样，不但不为之所动，还常冲过去把黑妹从栏杆边赶走。面对万顿无情无义的隔栏冲咬，黑妹常常扬蹄还击，两只飞起的后蹄把铁栏杆踢得"哐哐"直响。任万顿怎样赶它，怎样咬它，黑妹走了又来，在栏边转来转去，有时干脆卧在栏边，就是痴心不改，就是不要小罗森。4月13日，和小罗森关系最要好的那匹小母马也发情了，本以为它会接受小罗森，谁知平时跟前跟后的小妹妹也远离了罗森，和黑妹一样去栏杆边向老万顿频频发出爱的信号，结果一样受到万顿的一再驱赶。以后新妻们接二连三地发情，却没有一个接受小罗森。真是

"旧恨离去，新欢难欢"，小罗森的处境好惨啊！

野放头号选手兰多受伤后的征服

优秀的种马兰多是待野放的头号种子选手，不幸的是在调群那天，由于跑得过于猛烈，它的左前足夹在了铁门缝里，情急之下挣扎着拔出时，被有棱角的铁条擦破了皮，可能也伤着点筋骨，走路有点瘸。与爱妻们告别后，它由跑道内的圈舍被隔离到四面无相邻场地的保定圈内，同时迎来了5位年轻美丽的新妻子。

新妻子们是原来小母马群的处女马，以前群龙无首，无所事事，自由散漫惯了，似乎也无头领意识。所以，一进新家，它们有些新奇地跑来跑去，打来打去，像往常一样自由自在，没把兰多的存在当回事。这让向来有王者之尊的兰多很不是滋味，尽管受了伤，它还是要忍着痛立即给这些年幼无知、目无领导的新妻子们好好上了一课。它低着头，伸长脖子，瘸着腿开始圈群了，它把新妻子们都赶到保定圈的西北角，妻子们不安地冲着跑开，兰多再跑着冲着追回，一匹匹地追回，不时上去咬它们，换来一阵雨点似的飞蹄，踢到它的嘴上、脖子上或前腿上，它不顾疼痛，这样跑来跑去，一连坚持了约3个小时，也不知道究竟挨了多少嘴巴，终于教会了新妻子什么是组织性、纪律性以及什么叫领导力。

确立了头领地位后，第二天，由于前一晚运动过多过激烈，兰多的伤势加重了，左腿疼得不敢落地，走起路来瘸得更厉害了。工作人员赶紧给它治疗，一周后，它基本恢复正常，虽然跑动时稍有点瘸，但很快会完全恢复的。趴墙高手兰多现在也没墙可趴，四面也没有对手可以打架了，这有利于它的安全和身体的恢复。腿还没有完全好，兰多就显得精神焕发，开始对那些已学乖了的新婚妻子们发起了爱的攻势。妻子们都很快喜欢上了兰多，时常过去给它舔伤，梳理皮毛。

在兰多多日来深情温柔的爱的呼唤声中，一匹小母马芳心大动。4月的野马研究中心春风习习，拖拉机垦荒的隆隆声弥漫了大地，成对的小燕子在唧唧歌唱着明媚的春光。兰多和小母马在春光中谈情说爱，亲密无间。颇具王者之气的兰多终于成功地征

服了小母马。

"婚外恋"的摩林"为伊消得人憔悴"

其实最渴望新妻子的应该属痴迷于"婚外恋"的摩林，它早已厌倦了妻子们，早就想拥有 6 号场的那一群年轻漂亮的处女马了。可是这 10 位"妙龄美女"却被兰多和罗森瓜分了。

当多情帅气、精力过于旺盛的摩林正在为新婚梦的破碎伤心时，没想到很快又迎来了比以前还要多的"梦中情人"。兰多和艾蒙的前妻们被集中到了相邻的 6 号场，各个繁殖群分出来的十几匹两三岁的小母马被集中到原来空着的与摩林所在场相邻的 4 号场。这下可让摩林左右逢源，忙得不亦乐乎了。情窦初开的少女马让它失魂落魄，没想到连大腹便便的"孕妇"马也备受它青睐，它一会儿在北栏杆边跑跑，一会去西栏杆边转转，左顾右

盼，应接不暇，更没有工夫去与理会妻子们了！

小母马们不理它时它就痴痴守望，如走过来它就激动万分地把头伸过栏杆，凑上去闻啊、亲啊，就算有时也会被小母马"掌嘴"，它也不在乎。恼怒的妻子们拿花心的丈夫没一点办法，有时忍不住也上去管管，或是去赶那些没脸没皮勾引它丈夫的小母马们，结果总是换来丈夫的一顿拳脚。

摩林整天为新欢奔波忙碌，好像不知疲惫似的。它在对新"情人"的忘我狂追中消瘦了很多，妻子们也在无奈的孤寂中憔悴了许多。与其这样跑来跑去一场空，还不如听从人的安排好好尽责任，把对"情人"们的热情投向妻子们，哪怕分一些给它们，婚姻爱情两者兼顾也好啊。否则，长此下去，摩林会让工作人员对它更加失望的。

（三）

2007 年 6 月 3 日，8 岁的兰多带着 5 位新婚妻子被放归至喀木斯特桑巴斯陶野放点，它是第一匹被放归野外的国外引进野马。在桑巴斯陶暂养围栏内进行了 20 多天的适应后，人们为它打开围栏，它带着妻子们冲向了大自然的怀抱。也许是对人们给它安排的新家不满意，没几天，兰多率领妻子们跑到了离桑巴斯陶野放点

100 多公里的三个泉，它靠自己的能力为妻子们找了个满意的家安下身来。它的新家处于高大沙垄和起伏戈壁交错区，植物种类丰富，有浓密茂盛的怪柳灌丛和芦苇丛。这里还有三口天然自流泉眼，常年有泉水从地下溢出，它选的新家比起人们给它安顿的家条件优越很多，这匹马真是智慧过人呀。其他被放归野外的野马，都是一点点适应，一点点地拓宽自己的领域，它可好，一下就跑了百十里地，而且很快就适应了野外的食物和环境。兰多每天带着妻子们在 7 ～ 8 公里宽的大沟里自由地活动和采食，生活得十分自在快活。到了冬季，它带着群体跑得没影了，不用人补饲料居然度过了漫漫冬季，令大家十分吃惊。它还在野外成功繁殖了一个后代。它是第一匹成功恢复野性的野马头领，是野放队伍的奇兵猛将，让人们看到了野马野放真正取得成功的希望。

也许是在野外遇到了天敌狼，为了保护群体跟狼发生了搏斗，或是跟前来夺它妻子的家马发生了斗争，野放两年后，兰多腿部受了伤，瘸得很厉害，经过治疗也没有得到很好的恢复，变得日渐衰弱。

2013 年 5 月 29 日，已繁殖了 24 匹后代的优秀白马王子艾蒙和两个妻子被放归至三个泉野放点，来接替兰多的位置。6 月 18 日，准噶尔 132 号头马带了 5 个妻子也被放归至三个泉野放点。之后艾蒙与准噶尔 132 号之间发生了恶战，谁料 14 岁的艾蒙不敌比它小 2 岁的本土野马准噶尔 132 号，被打成重伤，兽医人员治疗多次后才恢复健康。

2009 年 5 月 20 日，摩林被放归至乔木西拜野放点，也开始了自己的野性生涯。

这样一来，德国引进的野马只有小罗森留在野马研究中心了。2008 年和 2010 年，小罗森分别繁育了 1 个后代。2010 年，它不负众望，不再是受妻子们欺负的小可怜，终于成了一匹高大威武、雄姿勃勃的大公马了，成功地征服了所有妻子，让妻子们都受了孕，第二年繁育出了 5 个健康可爱的马宝宝。它成了研究中心最优秀的一匹种公马，也是唯一独挑大梁的国外引进马了，短短几年已繁育了 24 个后代，这与它最初几年的表现完全判若两马，不得不令人刮目相看。

白雪公主诞生记

　　昨日下了一天的雨，今晨天气放晴，阳光灿烂，空气格外清新，碧蓝的天空四面堆积着棉花垛般的白云，像是在举行什么盛大的集会似的，南面的白云渐渐把白雪皑皑的天山遮住并拥挤着向上开放、升高，仿佛天山蒸腾成了一片云海。野马研究中心的树一天比一天绿，处处都充盈着各种各样的鸟儿清脆的歌声，大雁在空中仪仗队似的不停地变幻着队列，远处不时传来拖拉机春耕的隆隆声。在这明媚的春光里，我迈着轻快的步子，像往常一样向马舍走去。

　　这几天我特别留心观察那几匹即将分娩的母马，每天都要看看它们是否出现了临产征兆。今天真让我感到开心。9 点多时，我发现准噶尔 115 号开始滴奶了，两滴白色的奶滴挂在它那一对一天天增大的黑色乳头上，看来准噶尔 115 号今天就要产驹了！我留守在它身边，跟踪观察。它平时较温顺，我也不怕它，离它很近，有时奶滴会滴滴答答地流下，有时会像挤牛奶似的呈细长水柱流出，有时乳头上挂着两个像是冻成了冰样的细白条。到了12 点左右，准噶尔 115 号显得烦躁不安起来，离开群体，在平时很少去的南栏杆边来回走动或跑动，有时又回到群中，向其他的野马示威或冲上去咬它们，或者像公马一样地低着头、伸长脖子圈群，驱赶着其他的马跑。到了下午一点多吃草时，它吃上几口，又离开群体，向南栏杆边跑，一会儿又回来吃几口草。看到它离群，我以为它马上就要产驹了，谁知它就这样反反复复地折

腾着，还多次把头或臀部对着栏杆蹭痒，就是迟迟不见产驹，让我等得很着急。天边聚集的云朵不断地向高空散开，散到我的头顶，看上去伸手可及，好像也是满怀期待地来看这个小生命诞生的。

下午 3 点 35 分，准噶尔 115 号开始低头嗅闻地面，扬起了尾巴，先是排出了一些红棕色浑浊的羊水，然后多次用力却没有动静，它不安地、痛苦地来回走动着，10 分钟后才漏出一点包羊水的胎衣，像是吊着一个白色的气球，再一用力，一个白色的小蹄子探出了头，但很快又缩了回去，探出、缩回了 3 次后，第 4 次用力，另一支小蹄子也出来了，可后来怎么用劲，最多只能让伸出较长的那支蹄子伸出一尺长。准噶尔 115 号不得不喘息着侧卧在地上，这是它第一次产驹，野马产头胎一般都比较困难。于是，我赶紧上去助产，一手拽一只蹄子趁着准噶尔 115 号用力时我也使劲往外拉，直到将小马驹的头拉出，我才放手，母马呼呼地喘了阵气，再一用力，小马驹的身子轻松地哗地一下出来大部分。母马再休息再用力，包着胎衣的小马驹后腿一出就整个身子出来了，母马一下轻松了许多，喘口气后忽地站起，回转身过来舔小马驹时，与小马驹连在一起的脐带自然就断开了。我一看表，下午四点零五分，赶紧把这个激动人心的时刻记在记录本上。我掀起小马驹的尾巴一看，是个小母驹。它的毛色很白，简直白得像雪，像天上的朵朵白云，我还没见过这么白的马驹呢，长得十分像它的被称为"白马"的

爸爸——优秀的德国种马艾蒙，我立即给它想了个很好听的名字，就叫它"白雪公主"吧。

可惜，这么可爱美丽的小公主却不能够见到它的爸爸，它的爸爸也一样见不到它。小公主的妈妈准噶尔115号是爸爸最宠爱的皇后，这位皇后长得酷似其母亲、东德野马布鲁尼——野马研究中心最优秀的繁殖能手，它的家族是野马研究中心最健壮最兴旺的野马家族。

准噶尔115号今年7岁了，长得健美丰满，仪态端庄，生就一副大家闺秀的模样。它出生在一个很特别的日子，2000年的5月14号，这一天是母亲节，刚好是它的大姐准噶尔1号——野马研究中心第一匹出生的野马红花难产死亡之日。母马一般到三四岁就应该成家了，因近亲繁殖、种马短缺，直到德国种马引进后，准噶尔115号才于2006年4月嫁给了大它一岁的德国马艾蒙，可是好景不长，它们才相亲相爱一年就不得不分开了。

今天，准噶尔115号与艾蒙的爱情结晶终于诞生了，要是艾蒙能够看到自己的宝贝女儿该有多高兴啊！小公主是德国种马在新疆产生的第一个后代，也是2007年野马研究中心繁殖的第一匹马驹，还是准噶尔115号产的第一匹马驹，更是野马繁殖研

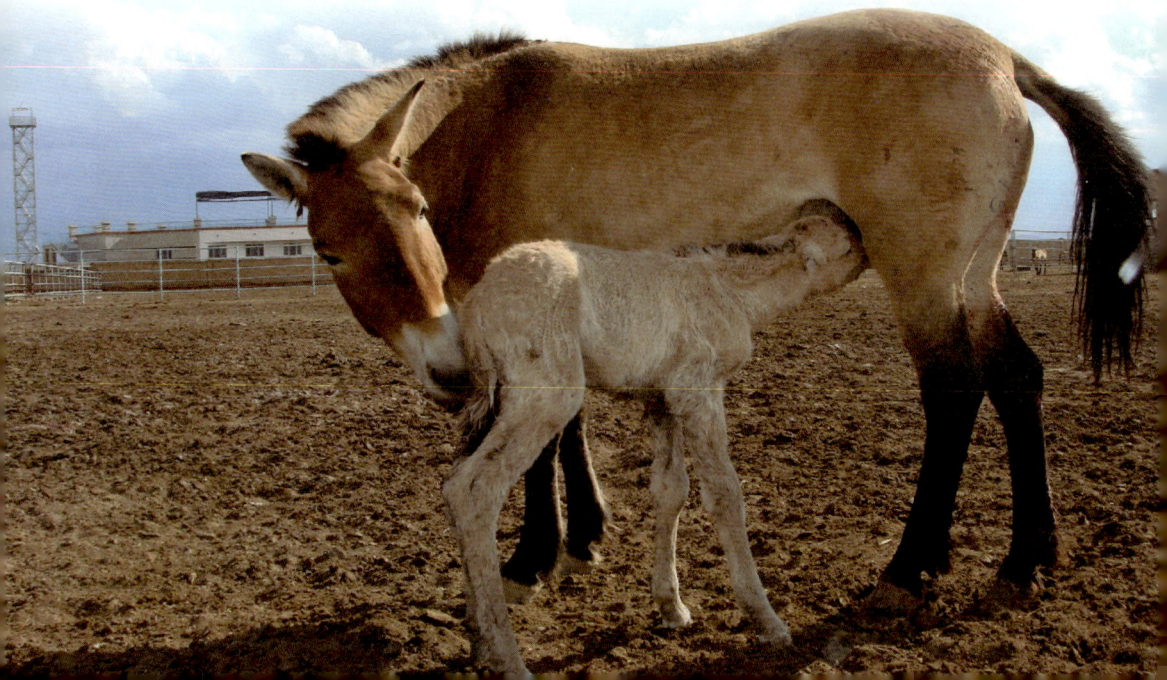

究中心与德国科隆动物园合作的第一颗果实。从中德合作协议的签订、德国马的引进至今已有两年了。引进之前野马研究中心领导已为种马的引进奔波努力了近十年才终于实现了愿望。多少个日日夜夜，多少颗关爱野马的心都在盼望着这一天的到来，盼望着这个激动人心的时刻到来。它像是一声春雷，惊醒了沉睡的大地；它像是黎明前的第一道曙光，划破了漫漫的黑夜；它像是一股清泉，注入了浑浊的泥塘，它不仅给日益衰退的野马家族输送了强劲、富有活力的新鲜血液，而且还将为国际合作的进一步深入打下基础，将使人们对野马的未来更有信心。怀了德国种马后代的野马共有 10 匹，不久还将会有 9 颗硕果落地。

　　白雪公主也为来到这个世界上倍感欢喜，当胎衣还没被妈妈舔掉它就发出了两声细嫩的嘶鸣，其他的野马也如天上的白云般纷纷围上来庆贺、问候。起初沉浸在喜悦之中的准噶尔 115 号可能为第一个孩子的降临过于激动或者是舔小马驹舔得过于专注，没有在意姐妹们的到来，几分钟后它像是突然明白了什么似的开始向其他母马发起了攻击，谁也不让靠近，怕伤了自己的孩子。20 分钟后小公主开始趔趔趄趄地学习站立，好不容易用那四条又细又长的腿又开把自己支撑起来，又颤颤巍巍地倒了下去，妈妈上前轻轻咬着它的脖子向上提，鼓励它再次站起，小公主又大着胆子试着站起来，30 分钟后它成功地站起来再也没有倒下，并慢慢开始挪动步子，开始往妈妈肚子底下钻着找奶吃了。可是，小公主并没有一下就找到乳头，露出一点点小红舌头做出吮吸奶的样子，一会儿对着妈妈的尾巴，一会儿对着妈妈的嘴，一会儿对着妈妈的前腿，一会儿对着妈妈的肚子，有时眼看找到乳头了，它又把嘴对向了妈妈的后腿，看上去傻乎乎的。准噶尔 115 号不时着急地用嘴把小公主往它那饱胀的乳房处拱着，下午 5 点 40 分小公主才吃上几口初乳，找准地方后，又美滋滋地吃了多次，小公主吃奶的时候，准噶尔 115 号常回过头去亲昵地舔着它的屁股，接下来，小公主排了几次胎粪。渐渐，小公主的腿显得越来越有力了，出生两个多小时后，就可以跟着妈妈在场地里跑动了。

雄鹰的故事

　　野马繁殖群的小公马到了生育年龄，就会被工作人员隔离到一个围栏里作为后备种马，与一些不适合当种马的公马和被淘汰的种马一起组成了一个群体，因为这个群体内的马都是些光棍汉，我们就叫它"光棍营"。

　　野马中很少有女光棍，为什么出现那么多光棍汉呢？这是由野马一夫多妻的婚姻制度决定的。一般一个野马家庭是由一个公马家长带五六匹母马组建而成。假如有 10 匹公马和 10 匹母马，只能由 2 匹公马和这 10 匹母马按 1 : 5 的比例组成两个家庭，其余的公马就成了娶不上老婆的光棍汉，也就是说，约 80% 的野马可能会成为光棍汉，所以身为一匹公马，既可能妻妾成群、风光无限，又可能孤独郁闷、悲哀一生。能否成为一个骄傲的王者，这要靠自己的能力说话，靠自己打架的本事说话，要经过一番血腥残酷的争斗，战胜一个个对手，才能登上王者的

宝座。在人工圈养的条件下，为了避免近亲繁殖，在为野马包办婚姻时，还要考虑野马的系谱是否适合当头领。

光棍营就是一个野马江湖，这一帮光棍们拉帮结派，圈地为王，打打杀杀，战争不断。野马社会性强，只要组成群体就一定要争夺出一个王位来，野马即使争不到最高头领，也要争做一个小头目。这里最高头领的地位象征是一个能看到其他繁殖群母马的大铁门。在这个可以自由观赏"美女"的黄金地段上，经常会爆发恶战，战胜的马就光荣地站在这个象征王位、体现权威的位置上，随心所欲地欣赏一栏之隔的百媚千娇。

光棍营里，每天都上演着不同的悲喜剧，只要是在围栏里，它们的生活就会被人为地扭曲，它们不能自由地去爱、去奋斗、去争取自己应得的权利，它们有的连尝试一次的机会都没有，就被宣判了终身监禁。而有些野马，则可悲地丧失了自己的野性，变得不伦不类，空有一个野马的名号，僵死了自己野性的灵魂。

最早的王者被霸王推翻了统治，霸王后来被王子撵下了王位，王子走后霸王复辟，2003年8月，野马新秀雄鹰又揭竿而起，推翻了霸王的统治，成功地登上了王位。此后霸王融入公马群，加入了秃和尚的团队之中。雄鹰虽然没有霸王那么执著，不经常在门边守着，但它却有个习惯：我不站在那个门前，谁也不能站在那个门前。一旦有其他马靠近大铁门，它就会冲过去咬它们，以前站惯了大门的霸王，最爱往门前跑，雄鹰恐吓一声或是做出欲攻击的架势，霸王就赶紧躲开了。

在大铁门边，只有头马才可以在这里撒尿排粪，炫耀自己的王位，这个位子有时连人也不能侵入。霸王做马群的最高头领时就曾对不小心入侵它领地的众多参观的领导和记者们大发脾气，表示非常不满：两耳后背，眼神凶恶，竖颈伸头，欲对人们发起攻击，吓得人们赶紧躲开了。

公马群内新分进了8匹两岁的小公马。小公马们一进去，最年轻健壮的头目争得了一小部分手下，大部分的小公马都自觉自愿地投靠到了雄鹰门下。这样公马群就有两个大的帮派和其他三个小帮派，最高的头领仍然算是雄鹰。

各帮派之间和帮派内部的争斗始终不能停止，这使公马群显

得更有活力了。雄鹰的群体最大，有 11 匹公马。只要雄鹰乐意，它群体内的其他公马就可以分享它的特权——到大门边观看母马，同时有些小公马还可以从大门处望到自己恋恋不舍的母亲和原来朝夕相处的伙伴们。这大概是公马们争相投靠雄鹰的主要原因吧。这也引起了其他小团伙成员的羡慕，有些野马想离开原来的头领投靠到雄鹰的门下，但每一次的叛逃都被原头领发现后硬性制止了。雄鹰最感兴趣的是向隔着大门的母马们求爱，而对本群内的公马们很少去管理，大家来去自由，如有自己的手下脱离小群，它也不拼命地追咬着将它们逐回。雄鹰与以前所有的最高头领不同的是，它并不唯我独尊，并非像其他的王者一样常常形单影只，由于它的这种无为而治，使它拥有更多的追随者。

2008 年冬天，雄鹰所在的光棍汉群又转到了 3000 亩大围栏半散放区内。6 月中旬的一天，一场难得的雨洗去了连日来的暑气，雨过天晴，空气十分清新，草木更加碧绿，处处鸟语花香，尤其是布谷鸟的嘹亮叫声让空旷的戈壁显得更加幽静。傍晚时分，我呼吸着有浓郁草叶和泥土气息的空气，迈着轻盈的步子，像往常一样去马舍给野马拍照。

先是在 8 号场站台上观望一下有没有好的画面，恰巧望见大

围栏饮水处有两匹野马正在激烈地打斗,我赶紧冲下站台,箭一样地向战斗现场冲去,连续翻了好几道围栏,到了地方后赶紧对准镜头。

可是两匹马并不配合我,打打跑跑,一跑就跑到两三公里外,把我累得气喘吁吁、大汗淋漓,还是没有拍上理想的镜头。两匹马有时候立起来,像人打拳击一样互相对擂;有时打得两前膝跪地,互相啃咬对方的胸部;有时冲上去啃咬对方的颈部、肩部、臀、腹部,咬上一口就不啃放松,恨不得咬掉对方一块肉,或把对方撕成碎片。它俩战得杀气腾腾,硝烟弥漫,难分胜负。走近才知道,原来是原 8 号场光棍汉群中的二当家准噶尔 122 号向现光棍群大当家的雄鹰发起了挑战。

自从由原 8 号场转入广阔的大围栏的半个年头,雄鹰作为公马群的头领,一直孤独地守在 6 号与 5 号场相邻的栏杆边,铁栏边并排放着几个铁皮水槽,是野马们的饮水点。这样雄鹰不仅可以隔栏向对面的母马们发出爱的呼唤,同时也可以近水楼台先得月对饮水点进行控制。这个有利的位置,相当于原来公马群所在地的大铁门,也就是王者的宝座。雄鹰是大帅的儿子,长得很高大壮实。记得它两岁多还未成年时就向父亲大帅发起了挑战。一般两岁多的野马到了找对象谈恋爱的时候,父亲就会把自己的儿女赶出家庭,让它们学会独立生活,独立成家立业。雄鹰当时也长成大小伙子了,块头与父亲相差无几,它可不服从父亲的权威,不甘心被扫地出门,就跟它觉得无情无义的父亲打了起来。在我们的眼里,以为儿子肯定是打不过老子的,因为老子是身经百战的王者,而儿子只是初出茅庐、乳臭未干、未经沙场的毛头小子而已。可谁知父子俩在大围栏内打打杀杀,拳、脚、嘴相加,你追我咬的,打了上百回合,也没分出个高低来,而且争斗断断续续,持续了好几天,两匹马身上都或多或少挂了彩。我们怕这样打下去有可能会打得两败俱伤,甚至打出马命来,那可就麻烦了,所以赶紧把雄鹰隔离出来,调入了 8 号场光棍营中。

当我赶到战斗地点后,见雄鹰和准噶尔 122 号已累得喘着粗气,浑身湿漉漉的,身上还有很多泥,看来已恶战了一阵子了。当两匹马欲冲上去再次战斗时,拉着草的小四轮拖拉机突突地开

了过来，饲养员拿起铁钗钗起草向地上扔去，两匹马见状立即停止了战斗，朝着正在撒草的小四轮拖拉机奔去。

第二天我又来到了大围栏内，发现光棍营二当家准噶尔122号站上了头领的宝座，正激动地沿铁栏杆来回奔跑着向对面的母马们示爱呢，喉咙里不时发出低沉的哼哼声。咦，雄鹰到哪去了呢？不知道昨晚又经历了一番怎样的恶战，雄鹰居然被准噶尔122号打败了。一连好几天我都没见雄鹰的影子，一定躲到什么地方去默默舔血、默默养伤去了，就像是一个败将，无颜见江东父老。我想，一个王者，一个英雄，生来就有着这样高贵而高傲的灵魂，不服输，不言败，把泪水无声地咽到肚里，不让大家看见，而后不断地磨砺自己，悄悄地卧薪尝胆，积聚力量，卷土重来，为了实现自己的目标，战斗，战斗，不达目的不罢休，哪怕头破，哪怕血流，只有成为一个王者，才可以骄傲地面对世界。

一个晴朗的早晨，金色的太阳正从东方升起，我又像往常一样呼吸着清新的空气，迈着轻快的步子向马舍走去。突然发现雄鹰又站在了它王者的位置上，它高大的身影披着金色的光芒，虽然浑身是伤，却愈发显得精神抖擞，高大威武，一副响当当的王者风范，一副打不败的硬骨头，我的心里油然升起一股敬意。

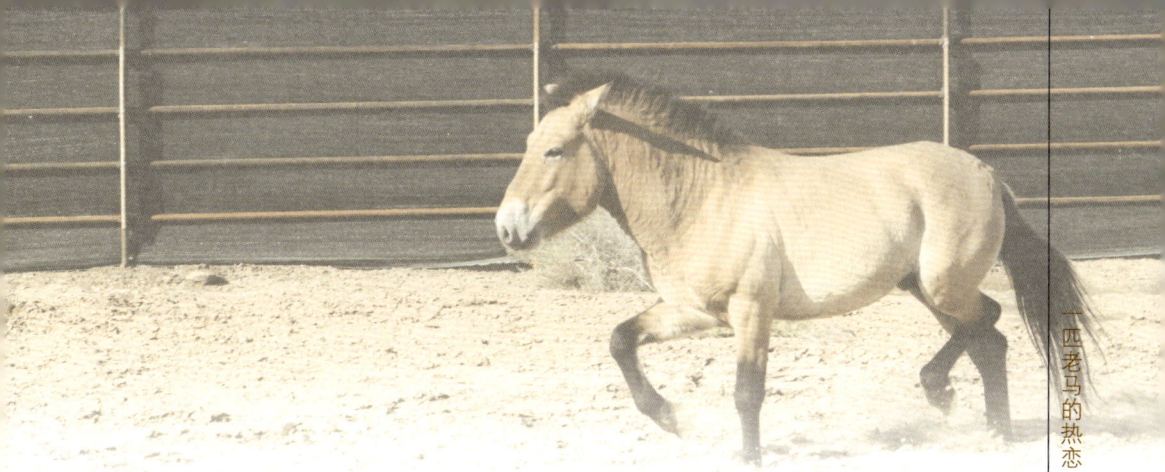

一匹老马的热恋

这是 2016 年 7 月末的一天中午，我路过 1 号场地时，看见了一匹老母马——准噶尔 33 号，在与 8 号场相邻的大铁门旁不安分地跑来跑去，不时在铁门前驻足，透过铁门缝隙，向对面的光棍汉们望望，嘴里发出焦渴的嘶鸣。

只见同群的其他较年轻的野马们，有的在安静地吃草，有的躲在阴凉处打盹儿，46℃的高温，似乎已把它们的爱情烤焦。唯有准噶尔 33 号，这匹 22 岁高龄（相当于人的七八十岁），最年长的老母马，焕发出火一样的青春来，它爱情的温度已远远超过了酷暑高温，像是火热的太阳在地面奔跑，谁若是见到一定会被灼痛灼伤。

准噶尔 33 号是功勋卓著的建群种马英国飞熊和英国母马瓦莱瑞的后代，继承了父母的遗传特征，被毛颜色较深，呈棕褐色，3 岁时嫁给了美国马万顿，第二年生下第一个孩子，至今已生了 10 个孩子，两个儿子 8 个女儿。为了后代的健壮，它已被掌控野马婚姻大权的人们禁婚，因为年纪大的母马生的孩子一般都比较瘦小孱弱，这不符合野马研究中心对野马种群发展精、壮、良的要求，所以年老体衰的野马就面临着被淘汰的命运，被从原来的家庭里分离出来。

只见准噶尔 33 号一会冲撞踢打阻隔它爱情的铁门，一会啃咬铁门上的锁链，脸上身上的一块块疤痕，全是它爱的勋章，它的嘶鸣声里滚动着一团团火球，它不知疲惫地来回奔跑，眼巴巴

地张望着铁门那边的一群光棍汉，满身的汗水淋漓如雨，仿佛也是它爱的表白。戈壁上的烈日，或许是为之动容，继续升温、升温，似乎要把铁门烧熔，来成全这匹老马的爱情。当我打开铁门时，准噶尔33号想趁机冲出去，被我挡了回去。

这匹马年轻貌美时，我还未曾见过她如此疯狂地热恋过，被分到1号场的其他年轻母马们，也没有谁有她这股子狂热劲。其他的老母马，到了晚年被隔离出来后，一般都很安静。如最优秀的生产能手、被称为"英雄母亲"的东德母马布鲁尼，常见它静静地站在那里，沐浴着阳光，迷迷瞪瞪地打着瞌睡，一副看透世事、与世无争、两耳不闻窗外事的样子，该吃时吃，该喝时喝，颐养身心，安享晚年，不去考虑与己无关的事，至于那年轻时的风花雪月，似乎早已是前尘往事了。大概是遇事想得开吧，一直到离世时，它还保持着丰满而健康的体态。还有一匹老马，英国美丽、苗条而优雅的玛里亚，到了晚年，也是看淡了爱情，可它却十分喜欢小马驹儿，有时会把别的母马的孩子当做自己的孩子，跟前跟后地照顾、保护，以至于有的小马驹还真把它当成了妈妈，会去吮吸它早已干瘪了的乳房。

准噶尔33号爱得如火如荼，虽然身体瘦弱病残，精力旺盛得却不亚于公马群那些年轻的光棍汉们。而之前，当它刚被隔出来时，也失落了很久，因为它不愿接受这样的命运，它时常向原来的家庭张望，沿着栏杆不安地跑来跑去，有时把头和脖子伸出

围栏，用力伸得好长，想从围栏冲过去，回到丈夫和同伴们身旁。它忧郁伤心，不思吃喝，变得越来越憔悴，原来丰满的体型消瘦下来，光滑油亮的皮毛变得黯然无光，它原来圆而有力的蹄子也变了形，趾甲又长又弯地向上翘起，她那曾顾盼生辉的双眸里，如今也充满了怨恨和无奈。

围栏里野马的命运就是这样，由不得自己，总是在人的掌控之中。相恋的马儿之间总是隔着一道围栏，一条条锁链，如隔山隔水，如两条大江的相望，望穿了十几代岁月，望枯了多少季节，望得山河心疼，草木落泪，两江汹涌的浪涛，却一直平行着，平行着，无法交汇，没有牛郎织女幸运，两条平行线间并没有鹊桥。两匹相恋的马儿，如铁轨上奔腾的火车一样，沿着横在它们之间的铁栏杆奔跑着，奔跑着，而心儿，早已脱离了轨道。它们就这样风雨无阻地奔跑着，栏杆边踩出两条平行的小沟，下雨天积了不少雨水，似马儿的两行泪水，又似两江春水。多少野马为了冲破围栏、获得自由的爱情而受伤、流血，甚至丧生。

也许是压迫越深，反抗越大吧。野马隔栏的爱情总是比人包办的婚姻表现得热烈得多，特别是光棍汉那群马。当野马霸王当光棍营的头领时，看着铁门那边繁殖群的公马妻妾成群，每天享受着幸福的爱情，他早就妒火中烧，怀恨在心，一心想取而代之。后来它竟然打断铁门栓，冲进了1号场，隔着栏杆与2号场

的头马准噶尔 80 号发生了激战，闻讯匆忙赶来的工作人员拿着大扫帚赶都赶不走。长久以来仇恨的怒火瞬间如炸弹一样爆发，所有的力量都积聚在它的钢牙和铁蹄上，它不顾一切地冲咬着，有时冲上栏杆，直立起来。准噶尔 80 号在战斗的过程中，颈椎撞断，瞬间毙命。而准噶尔 33 号老母马，或许也是不甘被淘汰的命运，长久的积怨，在 2016 年夏天爆发了出来，它才不愿服从人的安排和控制，更不愿服老、服输。

准噶尔 33 号似乎早已忘记了自己的年龄和病残的肢体，还有身上累累的伤疤，那多数都是因为它在群里地位最低、受众马欺负时留下的，还有为了爱情碰撞铁门时留下的。铁门那边的光棍汉们比准噶尔 33 号小十几二十岁呢。不管准噶尔 33 号怎样千呼万唤，那些小帅哥们都对它不理不睬，冷冷淡淡。当光棍营的头领准噶尔 292 号站在铁门边，去呼唤 1 号场没有头领的一群美女马时，准噶尔 33 号总会迫不及待地第一个冲上去，主动向这位年轻英俊的王子示爱。而这时，其他跟过来的较年轻的母马，就会因争风吃醋去咬或踢打准噶尔 33 号，试图把这位丑陋不堪的老太婆撵走。

红红的夕阳中，人们常会看到准噶尔 33 号站在铁门边痴痴守望的瘦削身影，漠风吹着它的鬃毛，把它爱之火吹得越来越烈，吹成了天边的火烧云，在戈壁苍茫暮色中，不息地燃烧着，燃烧着，把雄伟的天山映照得分外妖娆。

永远的公主

初相识

　　来野马研究中心工作不久，我结识了一个温顺可爱的野马小朋友，那是一匹只有 5 个月大的小母驹。

　　一天，我站在围栏前观察野马，一匹小母驹摇头晃脑地朝我走来，走到我身边后，它使劲地伸着脖子，伸到最长的程度，用鼻孔嗅我的衣服，嗅完后又看我一会儿，再拿鼻子碰碰我的手碰碰我的腿，一点儿也不怕我。隔着围栏，它歪着头用黑黑亮亮的眼睛盯着我看，那双眼睛天真可爱，清澈得没有一点儿杂质，眼皮双双的，长长的睫毛一眨一眨。好漂亮的小马驹呀，我一下子喜欢上了它，给它起名为野马公主，并郑重地向它通告了这个消息。看起来它并不反对，而且很庄重地用嘴啃了啃我的鞋。

　　野马公主出生于 1995 年春天，它的祖父是功勋卓著的飞熊，父亲是威名赫赫的野马帝王大帅，它出身于帝王之家，又长得美丽可爱，非常乖巧，憨态中有一份沉静娴雅的气质，非常讨人喜欢。它每次看到我来，立刻就跑到我身边，然后乖巧地跟着我，我走到哪儿它就跟到哪儿，像我的女儿似的，特别依恋我。它的一双黑亮清纯的大眼睛经常水汪汪地盯着我看，像是在跟我诉说心事。我拿头顶它的头，它就四个蹄子伸直使劲跟我顶，不肯后退一步。这个乖巧的野马小宝宝真是让我喜爱至极。好多时候，我生活中遇到了不顺心的事，实在没有一个可以说话的人，就去找公主诉苦，而它也好像能听懂似的，眨巴着大眼睛，一本正经地听着。

公主渐渐长大了，看起来越发隐忍和温顺，它真是一个最佳的倾诉对象，它的大眼睛深沉地望着你，好像非常理解你，我抱着它的头诉说委屈，它动也不动静静地倾听。我给它讲心事，它就用头蹭我的腿、脖子和脸，也表现出很开心的样子。跟人比起来，它从来不会跟我讲空幻的大道理，它只是实实在在地听着，一声不吭，但一举一动都表示出一种深刻的理解。

天长日久，我与公主几乎有了心灵感应。我不高兴的时候就去找它，它温柔安静，不动也不闹。我开心了也去找它，它好像也能感受到，目光闪烁，跟我玩成一团。每一次离别，公主都依依不舍地扯着我的衣襟，把头伸出围栏，想追上我随我一起走。多年来，公主一直是我最知心的闺中密友，它听过我多少心事、多少辛酸，却从未表现出不耐烦或者反感，有时候梦中我都搂着它，梦里的它开口说话了，我多么希望我的公主能开口说话呀。我还专门为公主写了一首叫《黑眼睛》的诗——

最爱看

你的眼睛

那清亮的眸子里

闪烁着孩子的天真

充盈着深远的渴望

年年岁岁

就这么久久地

与我对视

直到分不清

是你的黑眼睛

还是我自己的眼睛

公主之死

野马公主长大后，嫁给了成龙认养的野马头领黑风，共生了7个孩子，其中5个儿子2个女儿。自2004年起，公主四肢患上了关节炎，并继发了蹄子过长病，每年都进行治疗，修蹄。自2008年起，公主病情加重，日渐消瘦。

公主的趾甲向上翻得特别长，像是穿了特大号的靴子，走起路来缓慢而滞重，仿佛戴着沉重的铁镣。因经常久卧不起，公主的身体两侧都长了褥疮，特别是后腰处，皮毛粗糙不堪，被尿污、血污及泥污等染得脏兮兮的，两腰角、左后肢球节等处都磨烂了，右脸磨了一条约7厘米长的伤口，鼻梁处也斜着一道刀疤一样的伤痕。原本直立飒爽的鬃毛也变得又脏又乱。昔日美丽的公主，如今看上去活像一个蓬头垢面的乞丐。

看着公主病情不断加重，大家都很揪心，因为没有有效的麻醉药，野马研究中心的工作人员不得不再次对公主进行抓捕治疗。谁知平时寸步难行的公主，见到飞来的套马索时，一下忘记了疼痛，不知哪来那么大的力气，惊慌失措地奔跑起来。尽管还是瘸着腿，那奔跑的速度却不亚于健康的马，它像是失控的火车一般，轰隆隆地向拦追堵截它的工作人员冲过来，向着铁栏杆冲撞过来，结果在冲撞的过程中，左后肢蹄腕处骨头撞折，皮毛破损，鲜血直流。

重伤后，公主走起路来更加艰难，弓着腰，低着头，伤肢蹄子不敢着地，悬起老高，一步一瘸，像个快散了架的三脚架，摇摇欲坠，每艰难地行走一步，都像是被铁锤牢牢地打在地里的铁桩，或是被巨大的磁铁所吸附住，仿佛再也无法向前迈出第二步。每走一步，它都在喘息，大口大口地喘息，仿佛喘了这一口气，

下一口气在哪里都是未知数。每一次的站立，像是有两只无形的巨手把它搀起，它咬紧牙关，步履缓缓，就像拄着拐杖的老妇。风华正茂的它，已比与它一起生活的两匹老马还要老态。伤口的血腥招来了不少苍蝇，公主常摇着头，甩着尾，驱赶着苍蝇。

幸运的是，公主身边还有一个 1 岁大的儿子准噶尔 263 号，小马驹太有灵性、太通人性了，小小年纪竟然会照顾妈妈，我给它取名为"小天马"吧。有一天中午，当公主实在走不动时，我看见小天马用嘴搀扶着，头顶着妈妈的两后腿，一步一步地把公主搀扶到水槽边喝水。我从未见过如此懂事孝顺的小马驹。有时小天马会亲亲妈妈的脸，有时会啃啃妈妈的皮毛帮妈妈梳洗打扮，或给妈妈挠挠痒，帮着赶赶蚊蝇，极富耐心地细心侍候着妈妈。

周围的马儿也都同情地望着公主，常过去友好地亲吻公主的脸颊。当公主走近栏杆时，两个相邻场地的马儿，常会把头和脖子伸过围栏，有时会很用力地将脖子尽可能地多伸过来一些，尽力能够得着公主，亲昵地啃啃公主的肌肤，也许还会说些安慰和鼓励的话语吧。但这些仁义仁慈的行为对真正的野马来说，也许有些反常。真正的野马在同伴生病时，往往会把它驱逐出群体，同伴们都会踢它咬它，可能是怕把病传染给健康的伙伴，或者是怕遇到天敌狼时会受到病残马的拖累吧。

一天傍晚，我来到公主所在的 2 号场地，手里拿了把苜蓿草，递到它嘴边，公主用唇卷上几根，缓缓地、无力地咀嚼着，一点也没有食欲。当我准备离开时，一转身，看到了一个让我吃惊的场景：小天马正在为躺在地上的妈妈舔着伤，它轻轻地用舌头舔着公主脸上、后腰及沾满泥土、草渣的左后蹄腕上的伤口，一遍遍地舔着，似乎经它这么一舔，妈妈的伤就会好起来。它多么渴望妈妈能尽快好起来呀。天色渐渐暗下来，戈壁苍茫的暮色中，小马驹还一个劲地舔着妈妈的伤口，多么温情而催泪的画面！直到夜幕降临，小马驹依然不肯离开，久久地陪伴着妈妈，有时小马驹还会吮吸妈妈的乳头。其他的小伙伴们都在嬉戏玩耍，有的还跑过来叫它一起玩耍，可是它就是不愿离开妈妈。公主躺地上痛苦地呻吟着，不时地抬起头来，望着宝贝儿子，眼里充满感激

和心疼的泪水，孩子还这么小，自己不但照顾不了孩子，还让孩子照顾，多想站起来，好好亲亲自己的宝贝呀！她用尽所有的力气，屁股坐卧在地，两前肢"八"字样支在地上，骨折的后蹄因疼痛怕着地而微微抬起，它努力挣扎着，试图要站起来。有时跪卧一会儿，扭着脖子，双唇着地，呈栽葱状，支撑着头颅，喘几口大气。当公主用尽九牛二虎之力终于颤颤巍巍地站起来时，小天马激动地叫了起来，可公主还没站稳，又突然向右侧倒了下去。这一倒就好久不能起来，它一动不动地躺着，头、脖子及朝地的两前后肢伸展，朝上的两前后肢蜷缩着，闭上双眼，豆大的泪珠，从它的眼角滑落，同它伤口的血一样，不停地滴着，滴着……小马驹看妈妈没反应了，一下子着急了，瞪着惊恐的眼睛，又是咬妈妈的耳朵、鬃毛，仿佛在急切地呼喊着"妈妈你怎么啦，快醒醒，快醒醒呀"。见妈妈没动静，还用前蹄扒拉着妈妈的脖子，用嘴扯着它腹侧、肩部、腰部、颈部的皮毛，想把公主拉起来。在儿子的呼唤下，公主睁开了双眼，艰难地抬起头，泪眼模糊地亲吻起小天马的两前腿来。

后来，经抢救无效，2008 年 7 月 8 日，公主带着无限的不舍离开了它心爱的儿子。

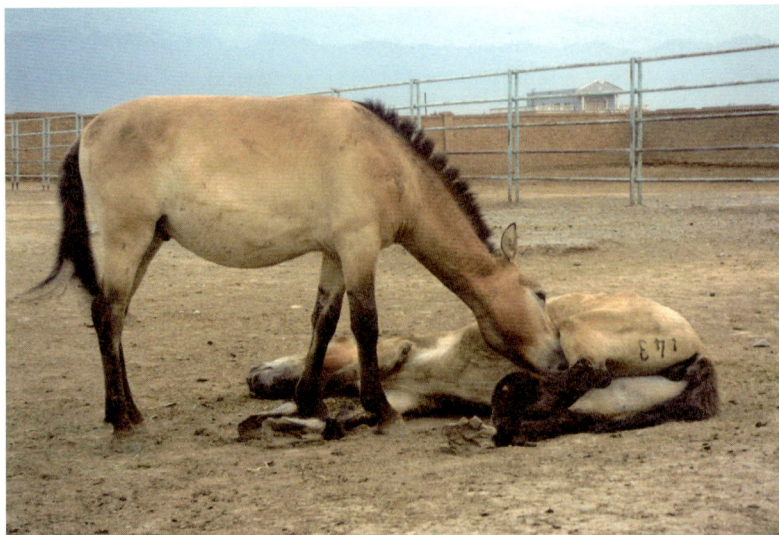

你是永远的公主

走不出去，走不出去，用尽你所有的青春，拼尽你所有的力气，直至生命的终结，你也没有走出围栏一步。所以你积郁成疾，头越垂越低，步子越来越缓，沉重如叹息。泪在滴，在滴，而夜夜滴到天明的，何止是泪？你那眼里的忧郁，就如无边的黑夜，吞噬了整个世界。

你那无数次曾安抚我心灵的温存目光，已变得那样哀怨和无奈，无尽的叹息，从你躺卧在地的病躯里发出，你幼小的孩子，正低头吮吸着你干瘪的乳头。围栏已把你围得过于倦怠，生命的尊严也被撕成碎片。也许只有阳光灿烂的你，在无边的旷野里自由奔驰的你，才可以坦然地面对世界。而你在围栏里的一生，仿佛活得不像自己，仿佛是一种荒废，这样的一生，让骄傲的你，真的无地自容。

你有着昔日准噶尔之王的高贵血统，即使流离失所百年，你那与生俱来的贵族气质也未曾改变。都说你是公主，野性与美丽辽阔无边，而被囚禁的一生，你有哪一天是公主？唯有高傲的心一直昂然挺立，挺立成博格达峰，那峰顶四季不化的积雪，是你眼中的幽怨。无尽的沧桑与荒凉，在你心中的沙漠弥漫，无论风朝哪一个方向吹，都吹不走你的忧伤。残阳滴尽最后一滴血，你仍未向自由的原野迈出一步，只有去梦里追风逐月，才没有了任何束缚。都说你是公主，野性与美丽辽阔无边，可试问你的泪滴，你在的哪一天是公主？

是呀，那高大的围栏一直阻挡着你，从出生的那一刻起。你奔腾的梦想之舟搁浅于淤泥，你梦的羽翼也被斩断，谁能为你擦干泪滴，谁能把自由之门为你开启？钻心的疼痛向你的每个细胞蔓延，从心的源头，漫至头、至脚、至肌肉、至骨髓、至每一个细胞，时刻回流，往返，撞击着血管，又刺绣一样绣在了皮肤上，腐蚀着你的每一寸肌肤。

可我一直想对你说，关爱你的朋友们也想对你说：野马公主，请别哭！当你的伤口裸露出白骨，当你的伤口吐出的血肉沾满泥土，当你血流汩汩，如咯血的夕阳把半边天空染红，你那还贪恋奶水的小马驹，那个难得一见的小小大孝子，不正为你舔着

伤口；当你瘦弱得随时被风都会吹倒，当你三脚架般拖着残肢，当你拼尽力气，喘着粗气，好不容易向前迈出一步，你那还不谙世事的小马驹，那个难得一见的小小大孝子，不正步步把你小心搀扶；当你在重创中轰然倒下，当你的吃喝都需要人照顾，当满天的星星为你落泪，当风儿闻讯也为你痛哭，你那深深依恋着你的小马驹儿，那个难得一见的小小大孝子，不正时时刻刻把你守护。

多少同伴已为冲出围栏伤残或舍命，而医疗条件过于简陋，人们终究未能将你挽救，你也终究未能逃脱屈死的命运。自由，自由，你一生所追求的自由，如每天初升的太阳一般召唤你的自由，也随你一起安葬于苍茫戈壁。那年的雨水出奇地丰沛，就像你双颊的两条河流不曾干枯。如果今生你就只能这样含屈而去，那么来世一定要做一只大鹏搏击长空。

你是永远美丽骄傲的公主，是大漠中的奇葩。你离去的那天，长风用纤指弹奏着红红的落日，我看见你变成一个寂寞大漠中独舞的仙女，风沙中飘曳着洁白的长裙，你飞旋而舞，舞动成盛开的白莲花，微笑中含着晶莹的泪珠，在无比绚烂的晚霞中，渐渐消隐……

安息吧，公主！在另一个世界，你一定获得了自由和永生！看吧，你的梦已生根发芽，你的坟前自由之花绽放得如此烂漫，像你的黑眼睛一般美丽。究竟怎样的力量，才能拽住时光的脚步，究竟怎样的网，才能捞回逝去的一切，相依相守多年的野马公主，我愿作重生的你，与你的子孙后代一起，奔向自由辽阔的新天地！

卡拉麦里在哭泣

一个又一个噩耗传来，令日夜守护野马的人们难以置信，悲痛欲绝！不到一个月的时间，先后有 4 匹野马命殒车轮，这是继首次野马放归后遭遇雪灾后又一次惨痛损失。苍天落泪，草木含悲，卡拉麦里在哭泣。头马在为痛失妻子和儿女们哭泣，小马驹儿在为痛失爸爸或妈妈哭泣，母马们在为痛失孩子或丈夫哭泣，许许多多的野马在为失去同伴而哭泣，连天的哭声震惊了世界！

丑小鸭之死

第一匹被撞的野马是准噶尔 51 号，我称之为丑小鸭的母马。

这匹马出生于 1995 年，当我来野马研究中心时，它是只有三个月大的当年出生的小马驹，是野马回归故乡后出生的一代野马。或许因为它的母亲 2 岁（一般 3 ~ 4 岁成熟后才开始组群繁殖）还未成熟时怀孕，3 岁就生了它，它生下来就比较瘦小，模样显得有些丑，而且被毛不是那么光滑油亮，看上去总是很粗糙，就像衣冠不整、穿着破旧衣服的灰姑娘一样。在马群里，它总是有些受歧视，不论到哪个群里，都不大受欢迎，是群里最没地位的一匹野马，常常受到大家的欺负，被这个咬一口，被那个踢一脚不足为奇。因此它总是显得有些郁郁寡欢。因它的个头小，看上去总像个发育不全的未成年少女，它到 5 岁时我们把它嫁给了成龙认养的野马黑风。黑风嫌它长得丑，最初坚决不接受它，老是把它打出群，而其他 5 个漂亮媳妇，特别是皇后野马公主，黑风则刮目相看，宠爱有加。还好，这个可怜的丑姑娘总算怀上了孩子，到了第二年生下了一个又瘦、又小、又弱的小公驹，可惜小宝贝连吃奶都不会吃。因为是生第一个孩子，丑姑娘又没有什么护幼的经验，当它受别的马欺负时自己刚出生的孩子也被踢伤了，经抢救无效，小马驹第二天就夭折了。丑小鸭伤心极了，此后，黑风对它也更加冷落，以至于后来连续两年丑小鸭都没再生孩子。

2004年春天，我们把它从黑风家庭里隔离了出来，将它与其他6匹母马（带2个亚成体及1个幼驹）放在了1号场地，准备将这10匹野马放归野外。没想到曾丑得遭众马冷眼的它，竟然受到了相邻8号场地光棍汉们的青睐，这可让丑小鸭有些受宠若惊，云里雾里了。也许是光棍汉们过于孤寂，正值春天精力最旺时节，公马们时时被春洪般的爱之力撞击得痛苦不堪，却连一个老婆都讨不上。不，不是讨不上，是可恨的人不给它们机会，硬要用铁围栏、铁门把它们与美女们隔开，使它们无限的爱意无处释放，能站在大铁门边望一眼对面的美女就是它们最大的奢望了，哪里还顾得上挑肥拣瘦？为了争取到望一眼美女的权力，光棍汉们争斗得十分残酷，流血事件时有发生，因为只有最高地位的公马，光棍汉的头领才享有这样的特权。当时光棍群的头领是一匹叫霸王的野马，它无可救药地爱上黑风的弃妇丑小鸭，每天都站在铁门前守望，风雨无阻，任何试图靠近的野马，都会被它毫不留情地赶走。霸王每天都会在大门口与丑小鸭约会，谈情说

爱。丑小鸭的爱情生涯里，总算出现了一些意想不到的惊喜，总算有了一段突如其来的幸福时光。

一天下午，霸王急切地用前蹄使劲敲击大门并发出哼哼声，也许在唱着"对面的女孩看过来，看过来，看看我有多么可爱"的歌在呼唤丑小鸭呢。可不知怎么回事丑小鸭竟然定定地站在与2号场相邻的栏杆边，对霸王不理不睬。过了一会儿，它竟低头采食起地上的剩草来。霸王有些恼怒地再次敲门，丑小鸭装作没听见只顾吃草。霸王着急地在大门前跑来跑去……后来我发现，原来丑小鸭已移情别恋，它爱上了2号场的头马小帅虎，尽管小帅虎经常厌恶地追咬丑小鸭，丑小鸭仍然痴心不悔，整天呆呆地在栏杆边守望，或时常将自己的臀部对向栏杆，丝毫不在乎自己的尾巴被小帅虎咬掉半截。这可把每天在大铁门边守望的霸王气疯了，它急切地哼哼，使劲地敲击大门，或者在围墙边跑来跑去。它欲火难平，只好拿光棍营中的公马出气：时常不让它们喝水，当其他野马向离霸王把守的大门有十几米远的水槽走近或刚刚将头伸进水槽中时，霸王会奋力冲过去咬它们，将它们赶走，有时霸王还会在吃草时不时踢打、追咬其他野马，以发泄心中的

闷气。

　　霸王经常一动不动地站在铁门边眺望着丑小鸭，骁勇彪悍的身形无比落寞。我的心被触动了，突然觉得作为王者的霸王是多么孤独！公马群里，其他公马都三五成群地在一起玩耍、聊天或者采食饲草，只有霸王在大门口茕茕孑立，更无法与妻室成群的繁殖群的头马相比。我想，这位大王一定很郁闷吧，一定对铁栏杆恨之入骨吧，一定对大草原充满了无限的渴望吧？冲出围栏应该是一匹野马的最高理想，妻妾成群，纵横荒原，这才是一匹野马真正的生活。它那抬头扬颈默默守望的姿态，深深打动了我。

　　这种令丑小鸭眩晕甜蜜的时光持续了两个月，它就被放归野外了，冲向了大自然的怀抱，在卡拉麦里旷野里去追风逐月，自由自在地恋爱生子，这才是它最大的幸福和长久的渴望，这才能让它扬眉吐气，如丑小鸭变成了美天鹅一样幸福和自豪。

　　丑小鸭很快又有了新的爱情，当上了大帅的儿子准噶尔99号的美娇娘。那段在围栏里备受欺负、受气、受冷遇的憋屈荡然无存！一年后，它还生了一个健康可爱的儿子，野外的新生代，真正的大自然的孩子，这更是让它激动万分。感觉自己掉进了蜜

罐里，心情舒展得如浩瀚无际的卡拉麦里一般。它每天快乐地在旷野里奔呀，跑呀，和亲密爱侣、和孩子一起，享受着卡拉麦里肥美的水草，享受着这来之不易的自由。多么希望这种幸福能永远下去！如同一只快乐的鸟儿，在天空自由自在地飞翔。

当听到丑小鸭被撞的消息时，我一下懵了，泪珠禁不住滑落下来，它可是我有着9年交情的老朋友了。2007年8月15日8时45分野放站工作人员接到卡拉麦里保护区阿勒泰站站长的电话，说在216国道330公里处有一匹野马被撞。当人们匆匆赶赴现场时，看见丑小鸭躺在公路东侧大坑里，头朝野放点屁股朝公路，眼里充满泪水，无尽的哀伤和留恋从它的眼里流出。经检查，丑小鸭被撞在腰部，腰椎已完全断裂，后肢一点都动弹不了，不时两前腿无力地挣扎两下，轻轻地扭动一下头和脖子，可能在寻找着它的丈夫、孩子和同伴们，喘息微微，让在场的人无不落泪。在经过对现场撞击后留下的痕迹分析，丑小鸭是被由北向南行驶的车辆撞击后，从公路中心线滑向路边坑里的，滑行距离约30米，被撞的路面上有清晰的擦痕和野马的被毛。工作人员立即用绳子将丑小鸭四肢捆了起来，七八个人小心翼翼地将它抬上了卡车，运到保护站进行救护，经过了近10个小时的紧张

兽医师带着药箱做救护野马的准备工作

抢救，工作人员无力回天，可怜的丑小鸭在当天晚上 11 点 35 分停止了呼吸，告别了它幼小的儿子和亲爱的丈夫，告别了它才涉足不久的自由与幸福。解剖结果是：左侧腹部、臀部皮下组织有淤血，腹腔内有大量积血，腰椎第一、二节完全断裂。

两匹小马驹尸横荒野

就在丑小鸭被撞事故发生不到两天时间，8 月 17 日凌晨，又一匹幼驹因被撞而尸横荒野。当时，野放站工作人员接到电话，说 216 国道 312 公里处一幼驹被撞。经现场勘察，事故地点未发现任何被撞痕迹，工作人员在 1 公里外的野放点大围栏内找到了死亡的幼驹，仔细一看，是出生仅有两个月的野 27 号小母驹儿。躺在地上的小马驹儿已永远闭上了眼睛，左臀部血肉模糊，地上一大摊血迹，尸体上爬满黑压压的绿头苍蝇，真是惨不忍睹！经诊断，它的死亡原因是，左臀部被车撞后造成表皮、肌肉组织爆裂性损伤，20 ～ 30 厘米髋骨、盆骨清晰可见，动脉血管破裂，造成大量出血休克死亡。

半个月后，血淋淋的惨剧再次上演。又一匹三个月大的小公驹野 25 号被撞。野放站工作人员接到喀姆斯特交警队电话，说 216 国道 328 公里 318 米处有一匹野马被撞。野放站工作人员和卡拉麦里保护区阿勒泰站派出所人员立即赶到恰库

野放野马在 216 国道连连被撞

尔图收费站查录像资料，初步锁定了事故车辆，然后赶往事故现场，发现被撞幼驹已死亡。野25号平躺于公路东侧白线外，左侧臀部和腰部、肷窝及腰部有大量血迹，口腔、鼻腔大量出血，舌头脱出口腔外，肛门直肠脱出外翻，左侧周围擦伤，阴囊部及皮下腹膈斜肌破裂，直肠从破裂处脱出，胸腔大量积血、出血，腹腔大量积血和淤血，肺部有损伤，肝脏破裂大量出血，直肠有淤血带。这个刚来到世界的鲜活的小生命被撞得更惨，五脏俱裂，体无完肤，血染大地。也许是瞬间毙命，让人见了肝肠寸断。

又一匹野马帝王殒命车轮

2007年9月8日8时34分，一位驾驶员到卡山站向野放站工作人员报案，说在216国道328公里处有一匹野马被撞，横躺在公路上，可能已死亡。该站工作人员在9点35分赶到事故现场，准噶尔117号头马横躺在公路东侧路肩处，已经死亡。口腔、鼻腔有大量流血。在事故现场，工作人员捡到两块蓝色塑钢和车辆因撞击而掉的两块侧护板，经过和现场肇事车辆撞击时留下的碎片比对，颜色、材料吻合。10点15分森林公安赶到现场，进行取样，初步判定是大型车辆所为。准噶尔117号公马全身无明显开放性伤口，右臀部、髋关节部有一道轮胎擦痕。解剖结果：

右侧皮下组织有淤血，腹腔、胸腔大量出血、积血，大结肠有一处破裂，右髋关节、骨盆粉碎性断裂，有3块碎骨，肌腱撕裂，肝脏损伤、出血。

准噶尔117号出生于2000年5月24日，它的父亲是首批野放野马的头领大帅，母亲是西德母马罗妮。野放那年，这匹马还是个只有1岁的小马驹。继承父母的优良基因，它转眼就长成了一个出色而英武的王者。2005年，它打败群雄，通过自由竞争当上了头领，而且争得了最多的媳妇，成为6个野放群中的最大的一个群体，拥有老婆孩子十几个。当时它已生了10个孩子，是当时野外繁殖数量最多的一匹野马，特别是2007年，一下生了6个，创造了野外繁殖新高。准噶尔117号被撞死亡后，种群失去了头领，没有了主心骨，就如同航船失去了舵手，将会对这个群体的发展造成诸多不利影响。群龙无首，就像一个失去头领的部队，战斗力会大大减弱，一旦遭遇天敌狼群的袭击，定会乱了阵脚，溃不成军，伤亡惨重。没有头马的带领，野马过马路时的危险性会增加。10月19日，准噶尔117号四个月大的儿子又被撞身亡。不到两个月的时间，已有5匹野马在车轮下命丧黄泉。更可悲的是，它大部分妻子已经怀了身孕，次年产驹时将面临被继父们杀死的危险，因为野马有着杀婴的习性，如果不是自己亲生的孩子新头马会把它们咬死。还有，野马公马们在为争夺母马而发生血腥争斗的过程中可能也会造成不必要的伤亡。最致命的是，保护区内牧民放养的家马的公马这时也会乘虚而入，勾引走

野马母马，或者与野马公马以公平争斗的方式抢亲，如果家马抢亲成功，与野马母马生育了后代，这将会造成野马种群的毁灭，最终导致野马野化的失败，使保护者多年付出的心血付之东流。

为什么野马被撞事故接连发生

当野马被撞惨剧接二连三地发生后，引起了媒体的极大关注，各大媒体争相报道，还公开悬赏缉拿肇事司机，在社会上引起了极大的反响，并引起了相关部门的高度重视。可是为什么悲剧会接连发生呢？

据野马野放监测站监测人员介绍：普氏野马的放归地点位于216国道311公里处的西侧，距国道只有500米左右，310～330公里的国道两侧也成了野马的主要活动区。水源紧临公路，食物丰富区在公路另一侧，野马群当时有6个，它们按规律每天下午和第二天的凌晨5～6点到公路两旁的水源地饮水，因为没有野生动物通道，野马为了饮水和采食必须靠近和穿越公路，在这段时间过往车辆车速快，司机疲劳驾驶等原因直接造成了事故的发生。当进入夏末秋初时节，野马习惯于采食路基两侧较优良的饲

草，有时在一小时内要横穿马路5次之多。这使那些应激性强的母马和当年新生、活泼好动并缺乏应对危险经验的幼驹来讲，很容易因为惊慌而被高速行驶的汽车撞伤。216国道是乌鲁木齐通往阿勒泰的一条重要干线，全长826公里，其中202公里纵向穿过卡拉麦里保护区，春、夏、秋季车流量很大，特别是旅游季节，车流剧增。虽然216国道限速为每小时80公里，但过往小型汽车的时速却多在每小时120公里以上，就连重型卡车的时速也不低于100公里。这里无限速带、限速牌和野生动物通道等保护野生动物的设施，都为野马被撞留下了严重隐患。另外，自然保护区管理部门对保护区境内的过往车辆无法进行管理，这也在一定程度上造成了事故的发生。

2007年，可谓是野马损失最惨重的一年，听闻自己亲手养大的野马一个个惨死于车轮下，我无法抑制自己的悲痛，胸口被鲜血淤堵得快要窒息，和卡拉麦里一起，失声痛哭，泪水汇聚成汹涌的太平洋，滔天的巨浪，悲愤地拍打着黑色的2007，一浪高过一浪。

回家的路究竟有多长

2007 年 8 ~ 10 月，不到两个月的时间，先后有 5 匹野马在第一个野放点附近 216 国道因被撞而命丧车轮。为了避免野马惨死车祸的事故再次发生，有关部门决定给野马选择新家。自 2008 年起，经过多次踏查选址，最终选定乔木西拜作为野马的新家。新家位于 216 国道 380 公里以西 30 公里，卡拉麦里山主峰以西 80 公里左右处，平均海拔在 1200 米左右，属于半荒漠地区的低山系，植被以旱生的灌木、草本和禾本棵植物为主。入冬前，卡拉麦里开始进行搬家前的准备工作。这次搬迁工作用了 4 辆卡车，使用了 20 个专门为野马量身定做的运输木箱，卡拉麦里保护区阿勒泰管理站和野马研究中心的 20 多名工作人员，历时 3 天完成了搬迁任务，将 43 匹野马搬到了新家。

之前几天，人们已做好了装运的准备工作，围栏呈喇叭状，在喇叭小口处将马箱排成一条长龙。为了让野马适应马箱，对马箱不产生恐惧而不进箱，工作人员将马箱内撒上饲草为诱饵将马引入箱内，渐渐熟悉后，马儿们，特别是野外出生的没见过马箱

的野马，就不会像起初那样，瞪着好奇的眼睛，用怀疑的目光打探着这个新奇特的东西，东瞅瞅，西看看，左右徘徊，有时走近又转身躲开，直到饥肠辘辘，才禁不住箱内苜蓿草香味的诱惑。小心翼翼地用它灵敏的鼻子边嗅边低头进了箱。进去后，有的马会大口吃起来，有的吃上两口会再谨慎地退出来，或从马箱的另一头出去，再东张西望地探个究竟，直到确认没什么阴谋或危险，才又进箱里吃草。这么一来二去几天，野马对马箱的恐惧及顾虑完全消除，它们才会大摇大摆地进入，就像平时走路散步一样自如，这时装箱的时机就成熟了。

搬家那天，卡拉麦里的雪野惨白着面孔，寒风恸哭不止，乌云张牙舞爪地扑向大地，风像刀子一样割在人们脸上，尽管人们全副武装，穿上厚厚的军大衣，带上棉帽和手套，脚上穿上笨拙的大厚靴，零下30度的天气，冻得他们还是经常搓手跺脚的。

装箱时，当看到七八个人站在排成长龙的箱子上面，每人手里提着一扇木门，平时无人干扰、自由出入的马儿们变得警惕和恐慌起来，箱内有再好吃的美味都不愿进入，人们只好在围栏内将马朝箱口处慢慢地驱赶。往往有一两匹马带头进去后，后面的马就会慌乱地随后而入，当判断野马已完全进入箱内，站在上面的人会用闪电一般的速度把门放下，把野马封闭在箱内。这时，野马才知上了当，恼怒地踢打碰撞起箱子，在里面跳腾着想冲出

去。这常常会造成一些皮毛伤，可无论怎么努力，它们都再也出不去了，马儿只好焦虑地嘶鸣着。特别是马妈妈与自己幼小的孩子分开时，母马与小马驹儿都会发出慌乱的哀鸣，声声呼唤着对方。而母幼又不能装同一只箱子，只能分开装，工作人员把装母幼的两只箱子并排放在同一辆车上，当马妈妈确认自己的孩子在身边时，才会逐渐平静下来。装箱时还遇到了一些麻烦，有个别的马极不配合，如一匹 3 岁的母马，就在小围栏内跑来跑去，跑得浑身是汗，就是不愿进箱。还有的野马会从箱子里向后倒出来，有的野马还会在箱子里倒下，卧在那里，起不来，工作人员不得不花费更大的力气，费很多周折，解决这些麻烦，这样就影响了野马搬家的进程。

野马装完箱后，工作人员用吊车将箱子吊上卡车，准备整装待发。运马车队就像是一个长长的难民队伍，被风雪裹挟着，向着新的逃难地出发了。新野放点离旧野放点约 120 公里，由于卡拉麦里保护区道路起伏不平，路上颠簸及冬季积雪的影响，为了装在车上的野马宝贝们的安全，车辆只能如老牛拉车般慢腾腾、摇摇晃晃地向前行进。有时坡度起伏较大时，感觉整个马箱都要从车上摔下去了，只听见野马把箱子踢得直响，掺杂着马的哀鸣

声，随着卡拉麦里呜咽的狂风，向准噶尔大地蔓延开来……

漆黑的柏油路像条毒蟒，横挡在野马家园门口，多少野马的生命已葬于它的口中。在异国他乡颠沛流离，被围栏和锁链监禁了百年，好不容易才回到了新家，回到了祖辈们曾栖息的家园，回到自由的卡拉麦里，这才多久呀，又不得不搬家。自从百年前被西方列强猎杀猎捕，长途运至国外，野马不知已搬了多少次家了，从这个国家搬到那个国家，从这个动物园搬到那个动物园，野马们就像是流浪的小孩，一直在无助地流浪着，身心疲惫地流浪着，终其一生，都在不停地流浪。卡拉麦里荒原找个理想的放归地也真不容易，这里有矿产开发，那里有羊群抢食，这里有马路横贯，那里又架起了电网，世界这么大，不知哪里才是野马真正的家。野马们无法主宰自己的命运，在流浪中流血，在流浪中丧命，在流浪中失去真正的自己。

难道永远都在回家的路上奔波流浪，难道流浪是一种宿命？野马悲哀的嘶鸣正漫向世界，那愤怒的浪涛直冲云霄，马蹄声嗒嗒，不停地在叩问大地：回家的路究竟有多长？

是啊，回家的路有多长？多少代野马已殒命在路上，用生命和鲜血把回家的路来丈量，百年的屈辱在岁月之河中流淌，那流也流不尽的弯弯曲曲的忧伤。

回家的路有多长？满目的疮痍遍布异国他乡，人类的欲望还

在把马儿回家的路拉长。一道道围栏和锁链把自由来阻挡，爱情的鸟儿也折断了翅膀。

回家的路有多长？梦里的故乡也早已改变了模样，何处才是狂野魂灵纵横驰骋的疆场？野马的家搬了又搬被挤得无处躲藏，难道只有梦里才能找到家园，找到天堂？

颠簸十几个小时才到达乔木西拜，由于一天才能运输一趟，工作人员冒着严寒，啃着干馕，泡着方便面，喝着凉水，每天奔波在崎岖的路上，耗时3天，才终于完成了野马搬家任务。而到了新家后，疲惫不堪的野马们似乎并没有什么欣喜，站在雪野里茫然四顾：这里是自己的家吗？以后是否就不用再流浪了呢？也许心中的疑问并没有找到答案，它们又像风一样狂乱地奔跑起来，阵阵悲鸣冲向天空，仿佛在高声唱着流浪者的哀歌：

流浪者之歌

一颗心永远在流浪
一条条路伸向远方
家在何方 家在何方

乱发在风中飞扬
心中的孤独在疯长
家在何方 家在何方

白天去打探太阳
夜晚又追问月亮
家在何方 家在何方

一路上跌跌撞撞
无数次迷失方向
家在何方 家在何方

走过四季的彷徨
翻越一座座山冈
家在何方 家在何方

热血在冰雪中冻僵
荒野就这么亘古地荒
家在何方 家在何方

围墙监禁着梦想
锁链紧锁着渴望
家在何方 家在何方

青春折断了翅膀
鲜血在不停地流淌
家在何方 家在何方

我也禁不住写下了流浪的诗行，既为野马，也为自己，因为自己何尝不是一匹流浪的马儿呢？一匹在茫茫人海中流浪的马儿，一直在寻找着回家的路。

今夜我又写起了流浪的诗行

今夜我又写起了流浪的诗行
满天的星星都在寻找着家的方向
残月在夜空里失魂地游荡
云朵用白绢
擦了千年
也未拭尽她眼角的泪行

那古老的忧伤
弯弯曲曲
愁肠百转
一路上跌跌撞撞
一次次撞破斜阳
血染苍穹
一遍遍叩问大地——
世界如此宽广
可流浪的心在何处安放

野放野马首次佩戴项圈

　　2004 年，新疆野马研究中心与美国斯密桑纳国家公园及德国科隆动物园签订了三方合作协议，德国科隆动物园将向新疆野马研究中心无偿捐赠 6 匹野马种源，同时还给予兽医、监测等技术方面的支持。2005 年 9 月，6 匹德国的种马顺利运抵中心。中心应用德国液氮冷冻技术给野马作了标记，中心的野马也纳入国际野马系谱册。在野放野马监测技术改进方面，德国科隆动物园和美国斯密桑纳国家公园又给予了大力支持，无偿为中心捐赠两个价值约 5000 美元的无线电卫星项圈。2006 年 9 月 29 ～ 30 日，美国斯密桑纳国家公园的 3 位女专家不远万里来到卡拉麦里保护区，给野放站的两匹野马准噶尔 12 号和准噶尔 147 号戴上了项圈。这是野马野放 5 周年来，首次佩戴项圈。

　　2006 年 9 月 29 日清晨 7 点多，天刚蒙蒙亮，卡拉麦里东方的天空红彤彤的一片，朝霞被还未初升的太阳染成了亮金色，还在沉睡中的卡拉麦里被金色的晨曦蒙上了一片迷人的色彩。迎着冷飕飕的秋风，美国斯密桑纳国家公园专家兽医部主任苏珊·玛丽博士、兽医助手南茜博士、无线电卫星监测中心主任玛丽莎·松格尔博士、德国科隆动物园诺伯特·潘特博士和中心领导及技术骨干们围成一圈，开始商议实施方案。经过讨论决定，给最大繁殖群的最高地位的母马，也就是皇后准噶尔 12 号及光棍群的头领准噶尔 147 号佩戴项圈，并且作了分工安排，强调了一些注意事项。按照既定的方案，工作组开始了行动。负责麻醉的

苏珊·玛丽博士，具有丰富的麻醉经验，她为了支持科学研究，曾去非洲麻醉过大象，也去中国的四川培训过兽医并帮助治疗熊猫。她坐在第一辆工作车上，缓缓地向公马群行进着，苏珊博士坐在越野车副驾驶位置上，手里拿着麻醉枪，把"子弹"上了膛，也就是一个装了 3 毫升麻醉剂 M99 的尾部带红缨的针装入枪管，在离野马还有百米远时，她就把枪管支在摇下玻璃的前车窗上，做好了瞄准准备。公马群的警觉性很高，正在低头吃草的它们抬起头来，齐刷刷地朝车辆驻足观望，见车辆走近，公马群跑起来，车加快了速度去追，大约离头马 147 号十几米远时，苏珊·玛丽博士扣动了扳机，针管朝 147 号臀部方向飞去，由于风大及公马群加速奔跑起来，结果未能打中。公马群受惊，向远处逃去。

不能再去追惊魂未定的公马群跑远了，它们一时半会也安定不下来。于是，大家决定去对付皇后 12 号。皇后 12 号是第一批野放的野马，已经 16 岁了，经过了 5 年的野外适应，被毛更光更亮，看上去神采奕奕。头马是 84 号，这个群有 5 匹马。2004 年通过公马打斗野外自然分群形成，连续两年野外成功繁殖，已形成一个较稳定的家庭。2006 年 9 月底，卡拉麦里枯黄一片，84 号群在路东边不远处，一片长势较茂盛的芨芨草丛间采食着。

苏珊·玛丽博士坐在车上，小心翼翼地向马群靠近，靠近约

首次给野放野马戴无线电卫星项圈

10 米远时，向 12 号射击，结果未打中，12 号奔跑着逃窜而去。苏珊和助手南茜赶紧下车抄近道，在"皇后"经过的小山丘后埋伏起来，她们匍匐在地，一动不动地观察着朝她们走来的 12 号的动静。为了一举击中目标，不再失手，她们做好了瞄准动作，很有耐心地等着 12 号靠近，看着"皇后"一点点地逼近。其他人都躲在车里，悄悄的不敢说话，怕惊扰了野马，大家满怀期待地看着她俩和渐渐走近她们埋伏点的马群，手里为她们捏把汗，希望这次一定打中目标。有些受惊的 12 号跑了一小段后，速度渐渐慢下来，不时朝周边瞅瞅，当 12 号离她们不到 20 米时，苏珊开始射击了。

　　"皇后"12 号被击中，猛地跑起来。它一边跑一边跳，回过头来，并且甩着尾巴。在一片开阔而平坦的戈壁滩上，像一个驰骋沙场的战马，奋力向前冲着，身后卷起滚滚烟尘，一口气跑了近 1 公里，才慢慢摇晃着倒下去。工作车追上去，大家七手八脚地把药箱、项圈等从车上拿下来，苏珊用听诊器给 12 号作了检查，用一块布蒙上马眼，把宽皮带项圈戴到马脖子上，拧紧螺丝固定好。然后由助手南茜注射了解药，人都离开，约 5 分钟，

"皇后"12号摇摇晃晃地站起来，呆立一会儿，当缓过神来，突然发现脖子上多了个东西，让它很不习惯，它摇头甩脖子，前蹄刨地，或扬起后蹄向后踢，试图把项圈甩掉，可怎么甩也无济于事。约10分钟后，12号才渐渐平静了下来。头马84号伸长脖子，鼻子凑上去闻闻，眼睛好奇地瞅着，不知这是个什么玩意儿。

松格尔手持天线，调试着背包里的接收器，一切正常。监测人员露出了欣喜的笑容。

第二天早晨，灰蒙蒙天空飘着一些乌云，卡拉麦里的风也小了些。有了第一天的工作经验，第二天工作进展得较顺利。苏珊·玛丽博士徒步慢慢靠近147号，躲在一个小山后，一枪就打中了在路西边吃草的147号。被击中的147号狂奔起来，身上的针管在颤动着，不时回头望腹，试图咬掉针管，当它有些摇摇晃晃跑不动时，尾随它跑的四个小公马围过来，可能闻到什么不对劲的味道，居然攻击起147号来，已有些神志不清的147号，扬蹄还击着。当它倒下，美国专家在研究中心人员的协助下，迅速

给它戴上了项圈。打完解药一两分钟，工作人员迅速撤离。147号开始有些清醒，挣扎着站起来。其他的马向它靠近，用鼻子闻闻，可能发现有什么不对或觉得147号带的东西对它们有什么威胁，它们又攻击起147号来。有匹大些的公马一口咬住147号的脖子，使劲咬着不放，147号挣脱掉后，扬起两后蹄进行还击，4匹马追着147号，不时上去咬一口，它们追追打打，好一会儿才平息。

以前野外监测全靠野马中心工作人员凭肉眼和望远镜。他们沿着粪便、蹄印凭经验寻找野马，野马失踪时，有时还会发动牧民帮助寻找。卡拉麦里地形以山地丘陵为主，当野马在低凹处时，有时被起伏的山丘挡住视线，有时离几百米远时也发现不了野马的踪影。特别是随着野马活动范围的不断扩大，监测难度也随之加大，有时野马会跑到上百公里以外。所以，野马失踪情况屡屡发生，甚至有的野马失踪后再也找不回来。有了无线电项圈，可以随时掌握野马的活动范围、路径等科学数据。这下可好了，不用费力，就可以通过 GPS 定位系统掌握野马在哪里活动了，不必每日盲目地到处寻找，这样就不用担心野马会失踪了。这得感谢国际同行、国际友人的热心支持。但是项圈的费用较高，希望以后有更多的野马能佩戴上此项圈。

据斯密桑纳国家公园 GIS 中心主任玛丽博士介绍，这对项圈每个重约一千克，80 厘米长，通过传统的无线电遥感技术进行定位，可接收 GPS 信息。项圈同时作为 GPS 的一部分，应用 GPS 卫星接收 GPS 经度、纬度和海拔等数据。每隔 10 小时收集一次数据并存入项圈的存储器中，GPS 通过卫星每隔 3 天 GPS 数据传送到美国的 Argos-NOAA（南传座—国家海洋和大气局）卫星上，接收这些信息不需要观测者在场，通过卫星系统可在非常偏远的地方工作。美国的斯密桑纳动物园保护与研究中心把接收到的未处理的野马观测数据通过电子邮件传给新疆野马繁殖研究中心。野马研究中心将数据形成图谱，便可直观地观测出野马的行动路线及采食范围等。项圈的监测范围可超过 5 公里，误差在 10 米之内。

卡拉麦里野马寻踪

　　野马被野放后，我很想去追随野外的野马，看它们如何征战荒野，如何跨越一道道难关，成为真正的英雄，在卡拉麦里原野重展往日的雄姿。而领导考虑到我是一个女同志，野外工作会有诸多的不便，没让我去野放站工作，所以我也就没有了跟踪监测野外野马的这份幸运，继续留守在圈养野马身边，甚至再往后更多的时间在野马研究中心乌鲁木齐市办事处工作，跟野马在一起的时间越来越少了。而对曾朝夕相伴的野马野外的生存状况，我一直牵肠挂肚，希望能常去看看它们。2016年11月初的一天，我有幸随央视《绿野寻踪》栏目组去了卡拉麦里乔木西拜野马野放站，目睹了野放野马的风采。

　　2016年11月9日一大早，央视《绿野寻踪》栏目组在卡拉麦里自然保护区阿勒泰站工作人员的带领下，驱车向卡拉麦里乔木西拜野马野放站出发了，在茫茫戈壁中去寻找野马的踪影。据野放站工作人员介绍，野马野外的种群已达到169匹，分成17个群，绝大多数野马都在乔木西拜野马野放区域内活动。

　　在时而平坦开阔、时而高低起伏的道路两边，我们看到枯黄蒿草、针茅等低矮的植被银装素裹，呈现出一派莽莽苍苍的雪原盛景。有时会看到鹰在高空盘旋，或偶尔见它们落在不远处的如电线杆般伫立雪野的招鹰架上，偶尔还会见到一些不知名的小鸟扑棱着翅膀，清脆的鸣叫打破了雪野的沉寂。还见到一两只鹅喉羚，在远处低头采食。除此以外，很难再见到其他野生动物

了，好像动物们都冬眠了似的，或是在跟我们玩捉迷藏，都躲了起来，荒原显得异常宁静和空荡。听工作人员说，刚刚入冬，卡拉麦里下了几场小雪，野马、野驴等野生动物们可以靠吃雪来解渴，不来水源地喝水了，因而跑得没了踪影。不巧，摄制组正赶上最难找到野马的时候，如早来些，在水源地或离水源地不远的地方就可以找到野马。如果来晚些，等雪厚些野马食物不足时，保护站工作人员会将部分野马引回围栏内给它们补充饲草，那时就更容易看到野马了。

　　我们翻越了一座又一座的山头，在卡拉麦里起伏的山涛中冲浪，像快艇一般，忽地直冲向峰顶，又忽地俯冲而下，在排山倒海的浪涛中翻腾着。越野车如一匹匹铁马，在奔驰着，在卡拉麦里怀里，纵马扬鞭，快意驰骋着，在雪中飞翔着。我们的目光时

刻不停地在雪野搜索着野马的踪迹，渴盼能尽快见到野马。渴望得两眼欲穿，半天也没有找到野马、野驴的影子，心中难免有些失望，有些着急，我们依然马不停蹄地继续找寻着。功夫不负苦心人，当过了午饭时间，我们一个个饿得饥肠辘辘时，远远发现站立在山丘上的一个小黑点儿，仔细一看是一匹野马，正朝车的方向警惕地张望着，估计离我们至少一公里远。怎么就这一匹马呢？我们的目光很快向这匹马周边搜寻了一下，在与那匹马紧挨着的一个山坡上，又发现了一大群野马的踪影，大家高兴得惊叫起来，准备加速去追，完全忘了饥饿和疲惫。可刚进入人们视线的野马群转眼就没了影儿。那匹独马，也许是哨兵，发现了人后向马群发出了警报，所以马群闻风而逃。

为了不惊扰野马，我们一起来的三辆越野车只让一辆拍摄车去追寻野马群，其余两辆保持很远的距离跟随着缓慢行进。那辆拍摄车翻山越岭，向野马出现又

消失的方向出发了。我们看到那辆车多次逼近一会儿消失一会儿又不知从哪儿冒出的野马群时，野马们总是飞奔着逃窜而去，他们继续追踪着，一会儿冲向山头，一会儿冲向山谷，在跌宕起伏的卡拉麦里雪野，跟野马打起了游击战。拍摄车时而会从我们视线消失，时而又出现，只见他们一路追踪着，而是否走到了野马跟前，是否近距离拍摄到了野马，我们也无从知晓。当拍摄车返回与我们汇合时，我们得知，他们费了九牛二虎之力，与马儿周旋了一个多小时，总算大功告成，完成了拍摄。经历了 15 年的野放生涯，野马们不仅大大恢复了野性，而且个个都成了长跑健

将，成了飞毛腿，奔跑如飞，耐力惊人。

难得来卡拉麦里一回，如果不能走到野马身边，近距离地看看野马，我觉得很可惜，所以我很想去野马身边看看，特别是想看看今年新出生的一对野马双胞胎。野放点监测员艾代（一位陪伴了野马十几年的哈萨克族小伙子）开着车，又翻越了很多山坡，追上了还没走太远的野马群，我总算近距离地看到了野马。我看到的还是刚才摄制组跟踪的那群野马，这是由4个小群混成的一个约30匹野马的大群，群里有几匹可爱健壮的小马驹。只见野马们个个惊魂未定，依然一副很慌乱、很紧张的样子，片刻驻足观望后，又高度警觉地想夺路而逃，它们起初簇拥成一团，来回小跑着，当选定逃窜方向后，在头马的率领下，排成一列纵队，浩浩荡荡地向远方飞奔而去。马儿们个个精神抖擞，冬季长长并颜色加深的被毛在阳光下闪着光，脖子上短而整齐的鬃毛在风中猎猎摆动着。在蓝天白云下，一望无垠的雪野上，野马们奔腾起来，非常壮观，蹄后雪沫飞扬，卡拉麦里静寂的原野一下子就变得生机无限，野马嘹亮的嘶鸣声刺破蓝天，仿佛荒原唱起了冬的恋歌。它们奔跑的身影里，我仿佛看到了逝去的大帅、王子、公

主等一匹匹马儿都活了过来，都在野马群中自由自在地奔跑着，扬蹄撒欢，走在最前面的，是我梦中的黑天马。于是我的心也追随着远去的马群，在茫茫的雪原，在卡拉麦里宽大的怀中，迎风奔驰起来，追着云，追着电，追着太阳，任被甩在身后的时光望尘莫及。

2016 年 5 月，在野马重返故土三十周年暨野放十五周年之际，野外出生了一对野马双胞胎母驹。野马产双胎实属

罕见，这是世界首例有纪录的野马双胞胎。大家给这对可爱而健壮的小姐妹取名冉冉、路路，它们真是上天赐予卡拉麦里的一份让人惊喜万分的珍稀礼物。可是，当我满怀渴望地想来看看它们时，却不知它们跑向了哪里，所以没能看到它们的踪影，心里满是遗憾。

这种遗憾很快又被看到野马们在卡拉麦里自由飞奔的喜悦冲淡了。回归大自然的野马，就像是蹒跚学步的孩子，正一点点地摆脱对人的依赖，一步步地适应了野外新环境，不断地拓展着自己的疆域，野性不断得到恢复，种群不断壮大。特别是一匹匹野外新生的小马驹儿，从一出生起，就自由地在大自然的怀抱里撒野，这是多么惬意，不能不让人倍感欣慰和自豪。虽然实现万马奔腾准噶尔大地的梦还很遥远，可能还需要几代人的努力，但当看到保护者们三十年的心血所结出的硕果，我们对野马的明天更加充满了信心和勇气。

春季野马趣闻

　　春天，是野马恋爱的季节，尽情展示激情与野性的季节。公马之间会为争夺头领地位、争妻夺妾展开大战，战得如火如荼，舍生忘死，上演了一场场为爱情断腕流血甚至舍命的悲歌。而母马之间，同样也为了争夫争宠时时燃起战火。春季，野马家族会有很多趣横生的故事，且让我讲讲刚刚到来的 2017 年春天，新疆野马繁殖研究中心野马家族发生的一些稀奇事。

受虐的"丑女"

　　在圈养的情况下，野马的婚姻按照年龄结构、性别比例、谱系关系等都是人为地给包办。有些公马不挑剔，不论人们给它安排什么样的媳妇都会欣然接受，而有些公马则会挑肥拣瘦，对包办的老婆不满意，会嫌老或嫌丑，看不上眼，坚决抗婚。这里就有这么一个抗婚虐妻的典型。

　　准噶尔 245 号母马今年 11 岁，是准噶尔 226 号公马家庭中的一员。因为长得难看又有病，成家 7 年了，丈夫准噶尔 226 号从来就对它看不上

眼，不接受它，常把它打出群。准噶尔 226 号头马其余 5 位妻子也都看它不顺眼，个个都欺负它。

野马是一夫多妻制，一个家族群由一个公马和几匹母马组成。新家组成后，几匹母马首先要争出个高低，争到最高地位的母马是皇后，其余的依次按姿色、能力、受宠程度分出老二、老三、老四等，争夺地位战才能暂时获得平静。在准噶尔 226 号家族群里，准噶尔 245 号显然是最末位的丑妻了。

准噶尔 245 号看上去确实有些难看：个头矮小，被毛粗乱不整，脖子上的鬣毛不像是其他野马那样直立而短显得英姿飒爽，而是长得较长，像家马一样耷拉向一边；它还得了蹄子增生病，两前蹄长长地向上翘起，就像人穿了特大号鞋子一样，走起路来拖拖拉拉，显得很笨拙。

由于受到轮番欺负，被这个撵着追，那个撵着打，准噶尔 245 号常被折腾得心惊肉跳，时时跑得喘着粗气，不知躲向何方。吃草时它不敢在群里待，大家都会咬它、踢它，它总是躲得远远的，单独自己在一个角落吃草，显得十分孤单落寞，一副又瘦又丑的可怜样子。而群中的其他母马，则个个体态丰满而优美，很有优越感，显得趾高气扬。

当然，不能总是受气受欺，总是逃，总是跑，准噶尔 245 号

有时也不得不反抗，不得不迎战。看看准噶尔 245 号和它的情敌们是怎么打架的呢？这些母马打起架来，除了像狼一样追、扑、咬外，还常会臀部互相顶撞，扬起两后蹄对踢，而公马打架时，却喜欢用前蹄，打得激烈时，会像人一样立起，两前蹄打拳击一样对擂。

稀奇，"残女"竟然当上野马"女光棍"群老大

丑马、病马、残马在野马家族里往往处于劣势，在家族里地位最低，最受欺侮。如以前的"丑小鸭"准噶尔 51 号，到哪个家族群里都会被众马追打，还有现在准噶尔 245 号母马因丑因病而被丈夫嫌弃受虐多年。而谁也没有想到，新疆野马繁殖研究中心有一匹雌性的丑马、残马却当上了"女光棍"群的老大，不能不让人刮目相看，拍手称奇。

一夫多妻制的婚配制度导致野马群中出现很多"男光棍"，却很少会有"女光棍"。而在圈养的条件下，为了优化种群，提高后代质量，雌性的老马、残马会被隔离出来，与一些不到繁育年龄的少女马及一些适龄待嫁马，构成了"女光棍"群。2016 年 10 月底，"男光棍"们被放入 3000 亩半散放大围栏内，而一群由 13 匹母马组成的"女光棍"群被放在了原来的"男光棍"群所在

的 8 号场地。令人吃惊的是，一向不显山露水的残女准噶尔 214 号，居然当上了"女光棍"群的老大，让一群漂亮的美女马对它俯首称臣，俨然一副女王风范，真为丑马、病马、老马们挣足了面子，让弱势马们扬眉吐气。

准噶尔 214 号今年 13 岁，相当于一位"中年妇女"。当它是少女时，就曾因打架争斗右唇被咬裂，还患过牙龈增生动过手术，从此，一位美丽的小公主变成了一个嘴裂牙残的丑女，注定一辈子嫁不出去，一辈子孤单，好凄惨哟。

然而，哀伤了好久的准噶尔 214 号却从不放弃对爱情的渴望。自从分到 8 号场，有了可以与"王子"隔门隔栏相望的机会，它

很快振作起来，凭自己的打斗功夫，技压群芳，当上了群里的女王，虽然为此它身上又多了些伤痕，也在所不惜。

　　就跟以前的"男光棍"群头领一样，准噶尔 214 号女老大可以站在大铁门边（相当于皇帝的宝座），去看对面的公马头领了。看着公马身边成群妻妾，真是妒火中烧，真想取而代之，真想拥有英俊的"王子"。它总是痴痴地守在铁门前，有时用前蹄狠狠地敲击铁门，发出"哐哐"的响声，见公马走近时，它会发出深情的呼唤，一个"女汉子"突然变得风情万种，仿佛一位娇羞的少女，眼里充满无限柔情蜜意。有时，其他的母马们簇拥而来，向对面的帅哥抛媚眼，准噶尔 214 号会毫不客气地把它们赶走。

趁老婆怀孕待产偷窥的头马

爱美之心不仅人皆有之，野马也喜欢欣赏"美女"。近日，新疆野马繁殖研究中心的一匹头马趁老婆们怀孕待产，从墙洞偷窥起隔壁的"美女"来。

这匹名叫准噶尔256号的公马今年10岁，正值壮年，它有四个老婆和两个未成年孩子，一个老婆4月底刚生下一个可爱的"小公主"，而另外三个老婆身怀六甲，快要临产。

这位精力充沛的头领每次去亲近老婆们时总会被拒，心中十分郁闷，急得满场转悠，恰好被隔壁的一群寂寞的"女光棍"吸引，经常隔着围栏望"美女"，有时将脖子伸得老长伸出围栏，欲冲过去冲到母马群中。

更有趣的是，准噶尔256号公马还会通过从两场地间相隔的砖墙洞偷窥对面的"女光棍"们，很专注地在墙边伫立守望良久，眼里燃烧着爱的火焰，有时它会在墙边来回跑动，喉咙里会发出急切而低沉的呼唤声，引来众美女的深情回眸。圈舍上的墙洞原本是给野马们注射疫苗挖的，现在倒成了开启准噶尔256号公马婚外恋情的一扇门窗。

看着老爸老爱往墙洞里看，准噶尔256号一岁的孩子感到很好奇，也跑到墙边，抬高脖子，对着墙洞看，对面到底有什么东西，这么让老爸着迷？那好奇的模样，真让人忍俊不禁。

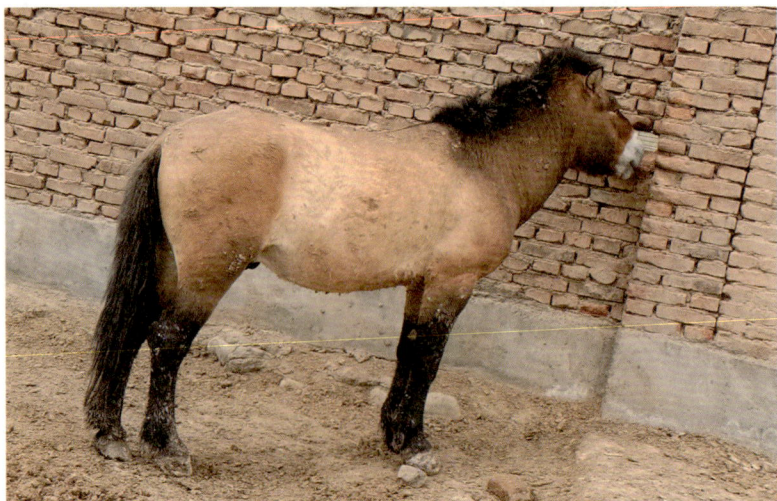

新疆野马回归手记

保护者之歌

相逢何必曾相识

　　大学毕业前的一天夜里，我做了一个十分奇异的梦：在蔚蓝的天空中，一匹黑色的天马从遥远的云端直飞到我的面前，它长鬃飞舞，浑身的毛乌黑油亮，身披灿烂的阳光，矫健的四蹄间白云翻滚。我惊奇地仰望着它英武挺拔的身姿，天马俯下身来，用那漆黑深沉的大眼睛直视着我的眼睛，仿佛有许多话从它的眼睛中流出来，我却一句也听不懂，但内心感受到一种从未有过的欣喜和宁静。我和它就这样对视着，不知道时间过了多久，仿佛是一瞬间，又仿佛经历了千万年，天马突然降落到我的面前，它离得那么近，我几乎能触到它的呼吸，我一下子惊醒了……

　　这个梦突如其来，神秘莫测，我不知这个梦预示着什么。就在我探索梦里神秘的气氛、庄严的场景、朦胧的启示，在为它纠缠萦绕、揣测不安的时候，我被分配到了新疆维吾尔自治区林业厅野马繁殖研究中心。我带着一肚子的惊奇和欣喜踏上了去野马中心的路。在去野马中心的路上，我想起了那个梦，也许，冥冥当中自己早已被命运安排了？我觉得自己正走向一扇神秘未知的门。以后的岁月

里，我常常将这个梦回味咀嚼：也许我将沿着那个神秘奇幻的启示，去追寻生命的真谛。

野马研究中心坐落在古尔班通古特沙漠南缘的戈壁滩上，位于离省城乌鲁木齐 140 多公里之外吉木萨尔县的老台乡西地村。那是 1995 年 8 月 28 的上午，夏日的暑气还未退去，我坐上了野马研究中心来接我去上班的吉普车，带上自己的行李向野马研究中心出发了。

一路上，小吉普车兴奋地手舞足蹈着，用它那粗哑的男中音唱个不停"年青的姑娘欢迎你啊，欢迎你……"已到中年的司机王师傅告诉我：野马中心位于荒凉的戈壁滩上，没有姑娘愿意去，那是男人的世界，大多数都是青年职工。因为环境苦、条件差，大学生根本不愿去那里，就是去了，也呆不多久就走了，甚至有的大学生去了只看一眼扭头就走。他说一个小姑娘怎么可能在这样的地方待下去？

我对王师傅的话似乎并没有在意，只顾瞪大眼睛去张望路边的景色。

雄伟的天山横亘在柏油路的南边，四季积雪的博格达峰高昂着它那威严冷峻的头颅，用它锐利的目光扫视着周围的一切。公路紧挨着天山向前延伸，北边和东面就是辽远的旷野。野草铺向北面，淹没在远处的雾霭里，巨大的云朵堆积在地平线上，像童话里的城堡变幻不定。天山面对着的北方一大片看不到边的地方，就是准噶尔盆地，盆地的北端就是阿勒泰山，湿漉漉的阿勒泰山植被繁茂。盆地北部是卡拉麦里有蹄类自然保护区，这是一片神奇的盆地，有将军戈壁的迷人景观，有魔鬼城的阴森恐怖，有五彩湾的神奇瑰丽，有硅化木的沧桑巨变，有恐龙化石的思古幽情，当然还有普氏野马的桀骜风骨。渐渐，我的脑子也变得和这无边无际的戈壁一样空旷起来，让我暂时忘却了自己要去何处，忘却了过去的不幸，也用不着去为未来担忧，似乎就是这么一直走下去，走下去，什么也不用去考虑地走下去……

大约在离乌鲁木齐110公里处的一个叫幸福路口的地方，立着一个约10米高的棱状石碑，上面醒目地写着"幸福路"三个大字，像是一个巨人，为人们指引着前进的方向，路的两边还有一些用作旅舍和餐馆的低矮土房。吉普车开始向北边的216国道上拐去，"还有十几公里就到野马中心了"司机师傅说。我这才醒过神来，"是吗？我怎么还望不到呢？""再往前走些，你往路

旧生活区

右前方望就可看到了。"走了不远，我远远地看到了两三个小白点，"是那里吗？"我指着小白点方向说。"是的"。小白点一点点地大起来，从小米粒大到鸡蛋大到绵羊大到冰箱大到走到跟前时那么大，我的目光几乎没有移开过。公路向右延伸进戈壁深处的野马场中心时，有3公里土路，四周是无边无垠的荒原，路的尽头就是野马研究中心了。几排斑驳低矮的房屋被巨大空旷的时空压迫着，孤零零的几棵树在茫茫大地上显得那么的无助和孤独。往西北方向望去，有很多砖围墙和砖房，那就是马舍了，野马就被圈养在里面。吉普车在土路上跳起了摇滚舞，还非要让我一起跳，这份热情真让我有些消受不了。

　　车在住宅区最东边的那栋白房子最东边的门前停了下来，一个50多岁的哈萨克族男子笑眯眯地站在门口，他就是野马研究中心的沙副主任，我一下车，沙主任主动上来握手，"丫头，欢迎你啊！"我向沙主任问了好后，被他领进了屋。

　　屋子约有10平方米，屋顶和四周墙壁上都斑斑块块地脱了皮，灰色的水泥地上有很多裂缝和小坑。右前方挨墙摆放着一张空荡荡的铁床，床上网格状的铁皮生满了锈，床面有些向下凹陷。左侧靠北墙立着一个蓝色的写字柜，漆皮老旧，这张柜面上摆放着中心的文件，柜子前是一张破旧的办公桌，办公桌上

玻璃板下压着一张有着几匹高大威武的骏马站在绿荫上的图，我的目光在这张图上停留良久，对！是那匹黑天马，怎么会跑这里来呢？一共有不同颜色的五匹马，黑骏马站在正中间，正在用与梦中一样的目光与我对视。北面的墙上，贴着一幅"宝剑锋从磨砺出，梅花香自苦寒来"的红纸黑字对联。靠门处是一个积满尘土的铁皮炉子，所以铁皮炉子显得呆头呆脑，仰着长鼻子似的烟囱，拐过一个弯，在屋顶上随便捅开一个洞，钻出房去。

看到这种场景，我的鼻子一酸，泪水就不听使唤地滑落下来。当有两个小伙子帮忙把我的行李抱进屋时，我立即擦干泪水，答谢了人家，便开始打扫房间、收拾被褥了。

过了一会儿，沙主任来到我的房间，说带我去马舍看看野马。沿着一条弯曲的小路，我们来到了马舍。听到野马的名字，我一直以为它长鬃飘飘，身材高大，气势昂扬，野性十足，心中满是好奇和恐惧。它到底长得什么样呢？它不会咬人吧？为什么要圈养野马而不是放在大自然中呢？带着这些疑问我第一次见到了野马。

中心饲养区

初见野马竟让我有些失望，我看到的是被圈在围栏里的土黄色身体的粗壮家伙，体格没有家马高大，看起来跟野驴差不多。它们的头很大，下巴骨方方的，四个蹄子也结实有力，胸部宽大结实。鬃毛没有家马飘逸，它们的鬃毛短短的，一根一根直立着排在脖子上，像板寸一样精神，而它们的腿上，从膝盖往下，颜色都很深，活像打了四个利索的绑腿。背上从头至尾，在脊椎中线，有一条深深的线，这是区别野马与野驴最直观的一个地方。当我走近围栏，野马警惕地竖起耳朵，抬起头凝视着我。这个时候，可以看到它的眼神里、骨骼里透出的一种精神抖擞、野性张扬的东西，这个时候野马才像是野马，它们的肌肉强劲，眼神比

较野。野马蹄腕部毛特别短，没有家马的那么长，如果说家马的蹄腕部的毛看起来使它像一个轻歌曼舞的舞者，那野马的蹄腕部看起来就像一个短袖轻装的行者。

我注意到围栏的钢管有许多像蛇一样的扭曲，沙主任说那是野马打架的时候踢的。你可以想象，碗口粗的钢管，让野马一脚端去就像条死蛇一样扭曲了，也正因为有这样的好功夫，在荒原里，几只狼根本拿整群的野马没有办法。它们一蹄子就可以让狼的脑袋开花。而野马奔跑起来，也威势逼人，轰轰隆隆的，像一辆脱缰的火车头，拖着一地浓烟就过来了，很是吓人。听说它们奔跑的时速可以达到每小时 60 公里。

沙主任还给我讲述了野马的来历和保护的意义，听着他的介绍，多多少少在我的心中洒下了些使命的种子，让我对野马产生了一种同情和怜爱之心，有了一种同病相怜的感觉。是啊，野马，我真想对它说："同是天涯沦落者，相逢何必曾相识。"那恣意奔放的生命被囚禁，被人类无情地推向深渊，它们骄傲的灵魂是一种怎样的屈辱和悲痛呢？这种伤痛我不是没有体验过，而且随着岁月的流逝，伤口愈来愈深，在溃烂、化脓、扩散、癌变，正在将我生命的活力和勇气一点点地耗尽。

早听说了野马研究中心的寂寞与艰苦，来之前我的男同学还提醒"你千万不要去那里，那一定会让你发疯的！"是的，我知道，当野马中心领导去我的母校——新疆农业大学招聘大学毕业生时，连一个男生都不愿意来这里。而当时对我来说，也是一种无奈的选择。在我来之前，我已做好了吃苦的准备，所以当第一顿饭吃的是像水煮的一般、老得嚼不动的有点发苦的炒芹菜时，我也不觉得有什么。其实我更不情愿来这里，夜晚来临，第一次独住一间空荡荡的房间，一种前所未有的寂静和孤独顿时将我吞没。

我禁不住想起了快乐无忧的校园生活，想着想着，刚亮了有一个多小时的电灯哗地熄灭了，我才意识到这里没有长明电，只靠一台柴油发电机发电，在天黑时提供一两个小时的照明。我赶紧点亮了蜡烛，昏暗的烛光中我猛然发现，那双熟悉的黑眼睛又在盯着我，目光柔和而亲切，眸子里有一种亮晶晶的东西在闪动，我的心不禁为之一震。是那匹压在办公桌玻璃板下的黑天马，它似乎要从画里面走出来，想对我说些什么，这让我的心里多少有了些安慰，觉得不是那么难过了，极静的黑夜里，我仿佛隐约听到了嘶鸣声音，以为是自己产生了幻觉，是画中的黑马在叫吗？再仔细一听，原来是从马圈方向传过来的，还不时传来当当的马蹄敲铁栏杆的清脆响声，可能是无法安睡的野马们在打架吧。我也无法安睡，悄悄抹着泪，将自己的伤痛反复回味咀嚼，也不知什么时候就迷迷糊糊地进入了梦乡。

小黑崽

　　我来野马研究中心的第二年夏天，野马研究中心调整了领导班子，老主任因病退休了。调来了一个三十五六岁的年轻新领导。新领导来后，我就再没有过上一天舒心的日子，因为成天除了干活就是干活，在我看来野马研究中心简直成了"劳改农场"。

　　新领导来自于一个林场，他喜欢并习惯于绿树成荫的优美环境，野马研究中心的荒凉破败景象着实让他有些失望。他下决心要绿化、美化、硬化环境，把野马研究中心变成荒漠中的江南。但在当时，野马研究中心已陷入经费十分紧张的困境之中，因为马匹的数量已超过了所给核定经费能满足的马匹数量的一倍，野马口粮要靠救济款、到处赊账维持，野马研究中心在勒紧裤腰带过着日子。当时临时工工资只有 200 元，正式职工平均工资 300多元，没有一分钱的野外补助。饲养人员流动性很大，对野马饲养工作造成较大影响。野

马 24 小时都需要人守护、喂养，马舍值班每 8 小时为一个班进行早、中、晚三班倒，每班两个人，所以正常值班需要饲养员 6 个人，其实比较稳定的也就那么两三个人，因工资过低，临时工一时半会儿又召不来，饲养人员不得不加班加点工作。技术人员短缺、技术条件落后、盐碱地、地下水不足、没有长明电、交通不便、通信不畅等种种困难，新领导都一一作了了解。

　　毕竟新领导年轻气盛，没有被困难吓倒。新官上任三把火，在全体职工大会上，他发表了斗志昂扬的讲话，号召全体职工要发扬自力更生、艰苦奋斗的精神，要用自己的实际行动来感动上级（当然，还要感动上帝）。于是他制定了干部没有休假的制度，说是领导和干部要带头牺牲奉献；领导和干部要去马舍上班喂马，领导每月到马舍上班 4 天，一般干部也就是分来的大学生每月到马舍上班 8 天；大力开展植树造林活动，不仅要种榆树、杨树、沙枣树这些以前种过的树，还要种苹果树、葡萄树及一些风景树、种花种菜；改良 40 亩地种粮食，羊的养殖规模由几十只扩大到 200 只，再养些鸡，这样职工的肉、奶、蛋、菜都可自给，搞得好了还可给职工分些福利；土路及生活区全铺上沙石，房屋进行修缮，地平重新打；还要安装暖气，不要再使用土炉子了，把

房子熏得黑黑的，还容易发生煤烟中毒；把破旧的铁皮床全部换成木床……"所有这些活都需要我们自己来干，因为我们没有钱雇人干，而且今后把加班取消了，以前你们干工作之外的活都算加班，这我知道，但从明天起，不再有加班了，谁也没有，希望大家理解和支持我的工作。"领导在会终时说道。

与新主任同年来的还有一个学野生动物饲养专业的男大学生，他已有女友并很快就要结婚了，初来时他就像是新主任的得力助手，跟前跟后地支持着他的工作。但是当以上一系列的政策还没有实施完他就辞职走了。因为他结婚了，夫妻两地分居，每天像个民工一样埋头苦干倒可咬牙坚持，但干部没有休假的制度让他实在忍无可忍，每次回去几天看新婚燕尔的媳妇时还得请事假扣工资，为此他跟新主任反目成仇，多少次吵得脸红脖子粗也无济于事，于是他索性就辞了工作。其实，之前来了好几个大学生，都干不了几年，就因这样或那样的实际问题解决不了而离开了。

对以上一系列的新举措，大家都有许多怨言。饲养员对取消加班意见很大。因为当时他们的收入只有200元钱，加上加班费一个月有个300元就算是高收入了，在这荒滩戈壁，也没什么娱乐，业余时间他们宁愿多加班多挣些加班费。另外，吃食堂还要交伙食费。当时意见最大的要属我了，这对本身就觉得在这待

着委屈得要命的我来说无疑是雪上加霜。这下完了，得去马舍喂马，还有杂七杂八的那么一大堆体力活，作为一个女同志的我也是逃不脱的。

为了保证树的成活率，新领导要求大家挖一米深、80厘米直径的树坑，分任务到个人，女同志的任务是男同志的一半。种葡萄的坑挖得更深，有2米深、1.5米宽、200米长。坑挖好后从几十公里之外的地方拉来砂土填进去，最上面加厚厚的一层马粪。每种一棵树都得从远处拉土换土，看来，要把这千里荒漠变成绿色江南，无异于愚公移山呀。有些地方地面十分坚硬，往下挖个二三十厘米还有很多硬石头，因此挖树坑时大家把铁锹、铁镐、钢钎等都用上了，饲养员从马舍喂马回来也不休息就去挖树坑，我也和大家一起挖，等小伙子们及领导们的任务都完成时，我的任务连一半都没完成呢，手上满是水泡，最后在小伙子们的帮助下才完成了任务。这次拉来的树苗是有碗口粗的圆冠榆，根基处带着和树冠一样大的泥团，还有苹果树、葡萄树、榆叶梅，全都栽上了。"我在林场种了十几年的树，我就不信这回树还不活。"树栽下去后新主任自信地说。紧接着就是给树浇灌。中心是靠一眼离生活区有两公里远的机井抽水浇树，这一浇就得没日没夜地发电，一刻也不停，一连好几天种树还要喂马，小伙子们可都累

小黑炭

123

惨了。新主任亲自穿上一双大胶鞋上阵，连续三天三夜都没有合眼把树给浇完了，大家劝他休息，他说后面还有好多活呢，他说机井水量小、离得又远，一停下来会耽误事。小伙子们都佩服地说："主任，你真是太厉害了，比我们还能干。"之后我们还搭了一些葡萄架，在种葡萄的地里种上了南瓜、吊葫芦等，在房前屋后开辟田地种上了西红柿、辣椒、豆角、茄子等蔬菜，还撒播了一些花种。

住宅区西北方向有一块 40 亩以前开垦出来的土地，野马研究中心以前种过两年向日葵，因土地盐碱大没有什么收成，就被人们弃之不顾了。但新领导却想变废为宝，要重新改良。他请来一台耕地的拖拉机将地耕了，种上了小麦。浇灌是件最困难的事，因为水量小，还得不停地发电。春天正是大风肆虐的时候，狂风卷起尘土直往人的七窍里灌，让人睁不开眼，走不动路，嘴里满是沙尘。夜里还得打着手电，在泥里深一脚、浅一脚地艰难行走，不停地浇灌，一不小心还会滑倒在泥里半天都起不来。第二天回来时，我们完全就成了泥土人，让人认不出来。

下一项劳动就是铺路了。有一个说法："野马中心少三头——木头、石头和丫头。"领导正在积极努力来改变这种现状，树已种上了，石头和沙子得从几十公里以外的地方去拉，我当然也不能例外。有一天，我感到浑身酸痛，头重脚轻，实在想打退堂鼓

了，当领导来叫我时我想说不去，但话到嘴边又咽了回去，强忍着眼泪跟着上了拉石头的车。晚上回来，我饭也不吃，独自坐在房子里呆呆地流泪。突然，听到一声"唧唧"，我的目光投向了办公桌下，见一只黑色的蟋蟀正在望着我。它摆动着两个长长的触角，见了我一点也不躲避，又"唧唧"地叫了两声，好像在对我说着什么，大概是在劝我别伤心吧。这时，一下子引来了夜幕深处的许多伙伴的共鸣，听着它们的合唱，我心里一下好受多了，它们的歌声清脆悦耳，欢快奔放，这些黑色的精灵给我孤独的心灵带来了莫大的安慰。

铺完路，新主任又安排我写了一些野马的宣传标牌，用白油漆写在一张张刷了蓝色油漆的铁皮上，如"野马中心简介""普氏野马简介""繁殖国宝，振兴国威""让野马首先在我国回归大自然""保护野生动物就是保护我们自己"等标牌，写好后竖在路的两边。之后又是打地平、给新床刷油漆、扩建羊舍、修建鸡舍、给羊修了进行药浴的池子、给羊圈拉了马舍的草垛底下的碎草和一些霉掉的草等等，没有一天休息的时间。

转眼夏天来了。野马研究中心的夏天很热，地表温度有时候高达 65 度，无边的戈壁上因为酷热会在远处的地表形成蜃景。知了在沙枣树的深处拼命地叫，暑气蒸腾着上来，太阳从四面八方射过来，躲到什么样的阴凉底下都能让你感受到它无微不至的火样热情。天山在热气中有些中暑似的摇晃，土路上爆起灰尘，站在太阳底下一会儿，人呀、马呀都会跟蜡烛似的感觉快要化掉。马舍的铁围栏在亮晃晃地流动着，像是被太阳烤化了，麻雀天天用它那冒着烟的喉咙狂叫着"热、热、热"。中午最热的时候，我们必须在马舍值班，做好野马的防暑工作。每次去马舍前我都要喝满满两大碗绿豆汤，中心食堂里那一口大锅内绿豆汤总是波涛荡漾。这个时候马舍被饲养员们打扫得干干净净，洒上水。特别注意妊娠母马和新生幼驹的管护，同时要给野马喂西瓜和防暑药进行防暑，这个时候是野马研究中心最忙碌的时候。但野马经常不领会人们给它们打扫出来的阴凉房间，它们自个儿寻找乘凉的地方，只有到蚊虫最多的时候，它们才会钻到圈舍里来。它们的饮水量也增大了好多，水槽里

总是得给它们加满水。最操心的是那些刚出生的小马驹，玩累了倒头就睡，一点不顾酷热的太阳，这样的情况下它们最容易中暑，于是饲养员们每隔半个小时就要到每个场子里巡视一遍，把那些贪睡的小马驹轰起来。这时候，比太阳更热情的就是蚊子和苍蝇，总是在野马的眼、鼻、屁股周围飞来飞去，所以马在夏天尾巴总是不停地甩动着，驱赶着蚊蝇。蚊蝇们还每天给我发很多很多的"红包"，真让人消受不了。

夏天另一件大事，就是给野马们准备过冬的食物——储备饲草。这里的土质差，盐碱很大，饲草没办法生长，草料都是从距中心几十公里外的乡镇购买拉运回来的。

大部分调草任务在炎热的六七月份完成，随着野马数量的增加，需要的饲草料一年比一年多，购草的任务一年比一年重。为了顺利完成工作任务，中心工作人员不得不放弃休假，起早贪黑地工作，在饲草的购运、验收、储存上分工负责，相互配合，严把质量关和数量关，按标准、按要求进行购草、卸草、垛草。因为这些事情季节性很强，过了时间就调不来好草。我不得不每天顶着太阳数草，做好草的验收和入库工作。卸草人员主要是马舍的几名年轻的饲养员，每天拉来十几车草，他们天刚亮就去卸

草，中午吃完饭顶着狂风烈日接着干，一直到天黑才收工，回来吃过饭后，倒头就睡了。小伙子们刚开始两天干得挺起劲，后来就累得有些支撑不住了，特别是中午的时候，骄阳似火，草垛越高越难往上垛，小伙子们一个个汗流浃背，草叶和灰尘扬得他们满脸满头，随着汗水沾了一头一身。为了防止中暑，他们头上裹着一块湿毛巾。草垛越堆越高，方方正正，野马们有的会伸头朝草堆张望，不知道它们是否会理解这里每一位工作人员的苦心。

因夏天过于忙碌，我去马舍喂马是从那年冬天开始的。雪已经下了好几场，天气越来越冷。空气仿佛都冻住了，每次出门脸像刀割一样，浑身的衣服一下子就冻透了，没有一点儿热气。阳光有气无力散漫地在荒原上飘浮，蒿草的尖在冷风中无力地抖动。几乎看不到活物，当风吹起来的时候，就像老天操了一把冰冷的刀，把一切温度都割掉。

天刚蒙蒙亮的时候，饲养员就开着小四轮拖拉机到草舍拉草喂马。小四轮拖拉机"突突突突"的声音撞破了冬天荒原无边无际的寂静，远远地马儿们听到草车的声音，一个个兴奋地打着响鼻，奔跑着冲到草车的跟前。我们一个人开着车沿围栏走，一个人站在草堆上把一捆捆的草叉进围栏里，而一大群野马像嗷嗷待哺的孩子，昂着头排成一溜追逐着草车，一大团哈气围绕着它们。一捆草落地后，马儿们立刻抢上去，一点不顾风度地抢着

吃，吵成一片，有时候还互相厮打，头马和皇后要确立自己的优先权，其他的马则想尽一切办法先偷几嘴。当草一捆一捆地被扔下后，争吵嘶闹声才渐渐小了，每匹马各得其所，各取所食。草全部扔完了，野马们才渐渐平静下来。追到草的马立刻围着草静静地吃起了早餐，尾巴轻轻摆动，咀嚼声立刻响成一片，在这个寒冷的早晨的马场中沙沙地回荡，间杂着几声马的咳嗽和人的跺脚声。

马吃完了草，马场里四处都布满了一堆一堆冒着热气的粪堆，热气还没升腾多久，粪堆就成了一堆冰疙瘩，在寒气中咄咄矗立。更多的是不知什么时候冻得跟黑铁团似的粪堆，一团一团蠢头蠢脑。我们又赶紧开着那个"突突突突"的老爷车去拾粪。粪堆顽固地赖在地上，拿铁锹铲好几次才能铲下来。刚铲完了粪，当我拿起那笨重的方锹铲第一锹粪时，心里难过得要命，真想扔下就走，我带着大口罩，穿着带有帽子的厚棉衣，眼睫毛、刘海儿和帽檐上都结了一层白霜，眼睛一眨，上下眼睑像是被胶水粘住了一样，冻得我又是搓手又是跺脚。

晌午的时候，又到了马喝水的时间了，我们将水车拉出来，从值班室里接出没有被冻住的水，拉到每个马场的水槽中去。每次先把水槽中的冰用铁镐清理掉，才将水车中的水放进去。吃了一个上午草的野马，围拢到水槽边，伸出嘴扎到水里，水喝完后，嘴里冒着热气，胡子上结满冰珠，肚子里咕咕噜噜地响几

声，满意地甩甩头，龇龇牙，一步三摇地向开阔处走去，寻找阳光温暖的地方活动活动。水槽周围没几天就会结上一层冰，有的马小心翼翼地走，偶然表演几个滑步，性子急的干脆就会摔倒。这时候值班人员又得拿着镐，一镐一镐把冰清掉，露出地面，或者在冰面上撒上炉灰，防止这些活宝们摔倒。

喂完了水，抓紧时间将冻硬的关节暖一暖，又要从菜窖里用小拉车将冰冻胡萝卜拉回值班室，用水将萝卜洗净，用切萝卜机将萝卜切成一片一片，拌上精料，给野马端过去。这是野马冬天最精美的大餐，野马知道喂料的时候要到了，在场里开始不安地骚动，排着队沿围栏转来转去，见到人来就蜂拥着冲上去，伸直脖子向人要吃的。一见人拉着料车走过来，它们"哗"的一声兴奋地冲上去，等不及饲养员将料撒到料草中，就将嘴伸到料车里，大口大口地抢着吃，嘴巴上沾满了料还不满足，这一口没咽下，另一口又含到了嘴里。贪吃的样子让人忍俊不禁。当我们用铁锹将料一堆一堆地撒放到地上，野马围着料堆，大口大口咀嚼起来。有一些马很贪心，没分给它的时候它抢别人的料吃，分给它后，它三口两口吃完自己那一份，又跑去抢别人的料。这个时候往往会发生吵嘴争斗等事情。我们每次给野马喂驱虫药的时候，就是把药拌在野马的美味大餐里，这样会顺利地完成任务。

一天喂四次草，饲养员屁股还没坐热，又到了喂草的时候，每天就这样不断地重复。最后一顿草是晚上12点喂，俗话说"马无夜草不肥"，为了野马的肥壮，饲养员常在西北风呼啸、大雪纷飞的夜里打着手电给马喂草。

寒流很快来了，它们无声无息地流过天山，流过茫茫大地。那辆鞠躬尽瘁的老爷车也冻得趴了窝，再也打不着火。地面下两米深处的水管也冻住了。这个时候值班人员就比较凄惨，用人拉一个铁皮车代替了老爷车去拉草、清粪、除冰。地面下的水管有时会冻住，用铁镐将冻土挖开，地面顽强似铁，一镐下去，只听"当"的一声，地面只有一个白点儿，震得人虎口发麻。最可怕的是切萝卜的机器也损坏了。饲养员们不得不用菜刀每天把上百公斤洗净的胡萝卜切成薄片，手上很快就布满横七竖八的裂纹和一个个水泡。

一天忙完了，炉火轰轰作响，墙上的钟滴滴答答地打发无边长夜，黑暗里传来野马偶尔的梦呓，饲养员们推开门看看黑乎乎的冬天，冷风吹得屋子摇摇欲坠。野马们在他们周到细致的照顾下，极少发病，它们正在积聚着重回荒原的力量。饲养员们打着手电筒巡视一圈，见野马们安静、健康，好像看到自己的孩子安然无恙，他们放心地走回住处，慢慢进入梦乡，这时候才来得及回到久违的亲人的周围，听到他们的欢声笑语，抒发浓浓的思念。

一年下来，野马个个又肥又壮，路面、室内外环境也改善了许多，但大家却都变成黑炭了，皮肤一个比一个黑。男同志黑，似乎没什么，而对于向来爱臭美的我来说，真有些接受不了这几乎被毁容的现实，整天对着镜子照啊照，实在不愿意承认镜子中皮肤又粗又黑的人是自己。

到了冬天，生活区五栋房子都安装上了暖气，每栋房子有一个小锅炉，领导让我搬到一个紧挨锅炉的房间负责烧锅炉，有时男职工来帮忙，新主任也不让帮，硬要我自己干。平时干活时的每一铁锹、每一菜刀、每一草叉下去，都像是在对着自己的心脏扎下去，我那颗高傲公主般的心已碎成千片万片，片片鲜血淋漓！我这回实在忍受不下去了，觉得新主任这分明是在逼我离开这里，于是我就毅然写了辞职报告。

就在我写好辞职报告的那个晚上，子夜刚过，我正准备就寝，听见有人在敲我的窗户，"一个马娃子病了，快去马舍"。我赶紧穿上棉衣，拿上手电筒，在比黑炭还黑的夜色中匆匆赶到马舍。

在手电筒的照射下，看到小马驹"小黑炭"侧躺在3号场地的水槽边，绿莹莹的眼光里充满了痛苦，它的鼻梁骨外皮肤烂了一小块，正流着血，我过去要将它赶起来，发现小黑炭的右前肢向后拖拉着疼得不愿走动。水槽边结了不少冰，当我去扶起躺在地上痛苦呻吟的小黑炭时，差点滑倒。也许小黑炭是在奔跑时不慎滑倒而受伤的吧。

野马研究中心领导立即召集大家抓马，把小黑炭隔离到了西马舍值班室。经检查，诊断为右肘关节严重脱臼，兼有皮下组织损伤。我没有接骨的经验，野马专家曹洪明教授连夜赶到了野马中心，给小黑炭把脱臼的关节接上了，用竹板固定住，然后给它输了液并打了封闭针。曹教授开好了处方，让我以后按此方治疗，并说伤筋动骨100天，一定要精心医治和护理，最少得三个月才能恢复正常。

为了给小黑炭疗伤，我将写好的辞职报告悄悄烧毁了。小黑炭出生的情景不由得在我脑海里浮现，它是我来野马中心后第一个见到完整出生过程的小马驹。野马多在夜间或凌晨产驹，白天少见，晴天多见，阴雨天少见。小黑炭出生前两天，它的

母亲道奈斯卡已出现了明显的临产征兆：腹围很大，腹部下沉，步履缓慢，两后肢歇蹄较频繁，黑黑的粗大的乳头滴出亮晶晶的奶滴。小黑炭出生前一天，绵绵阴雨下了一天一夜，第二天早晨天气放晴，天蒙蒙亮我就踏着泥泞来到马舍看看道奈斯卡是否已分娩。

我到后发现道奈斯卡显得烦躁不安地从正在吃早餐的马群中离开，时时回头望望自己隆起的腹部，尾巴高高地翘起来，哗哗地排了很多尿液后，走到小草库门口低凹的一摊积水旁边顺势向左侧卧倒，随后略带红色的羊水从阴门流出。道奈斯卡喘着粗气呻吟起来，大约过了两分钟，只见一只黑黑的前蹄露了出来，接着又一只探出头来，然后是一个黑乎乎的小脑袋伸了出来，然后是身子，最后是两后肢被一层薄膜样的胎衣裹着出来了，这时大马一下轻松地舒了口气并站了起来，与马驹连着的脐带自然断了。马妈妈开始在这个黑黑的小家伙全身上下亲昵地舔起来，积水池边映着它们的倒影。正在值班的一位有经验的老饲养员也走过来看道奈斯卡，他说："这个马昨天就该下马娃子的，因为下雨才憋到了现在。"

道奈斯卡生孩子时，野马王子这个小家伙不知道什么时候也跑过来凑起了热闹，睁着两只大大的眼睛，一动不动、好奇地看着躺在地上的母马生产。它耐心地看着它的小弟弟小黑炭一点一点生出来，不知道害怕，也不回避。我对它说小孩子走远点，把它往圈子外边推，它四条腿倔强地支着，不屈不挠地只顾伸着头看，那股认真好奇的劲头让人看了好笑，要是其他的野马早就躲得远远的了。看到道奈斯卡转过头来舔小马驹，它也凑上前去，热情地帮马妈妈舔小马驹身上湿淋淋的羊水，傻兮兮的样子可爱极了。后来，它和新出生的小黑炭成了好朋友，每天都跑去找它玩，带着它一块吃草、喝水，帮它挠痒痒，这一大一小两个家伙好得亲密无间。因为小黑炭生下来黑乎乎的，像它这么黑的马很少见，我就给它取名叫小黑炭。

在最初的一个月里，小黑炭被关在值班室里，用桌子和床把它朝北墙方向围了起来，为了防止它在房间乱跑碰着火炉或往墙上跳加重伤势，饲养员 24 小时睡在或坐在床上守护着它，还

要给它端吃喂喝。我每次来给它打针换药时，一看到注射器和吊瓶，小黑炭一下来了劲，惊慌地躲避，还往墙上冲，根本就顾不上伤痛了。当饲养员把它按到地上时，它四个蹄子还不停向外用力蹬着、挣扎着，嘴里呼哧呼哧地喘着气，特别是当针扎到它脖子上或给它受伤的肿起来的患肢打封闭针时，小家伙拼命地要从人的手中挣脱出来，这会使大家把它按得更紧，它的眼珠子气得鼓鼓的像是要炸了或迸出眼眶，还不时翻着白眼，那里面不仅仅有恐惧，更多的是怒火。这让我一下想起自己小时候每次去医院打针时大哭大闹的情景，小黑炭现在也一定在骂我恨我吧？输液时，野马不像家马老实地站在那里，把药瓶往吊瓶架上一挂就

行，野马的吊瓶架是用人来充当，需要有一个人一直站着举着吊瓶。其他的人蹲着按住马的四肢、头、屁股等，蹲时间长了腰腿就会发酸，所以稍不留神，小黑炭突然挣扎那么一下就会让正在输液的针头跑了针，还得重新扎一次。

小黑炭的伤一天天好了起来，走路时患肢不再耷拉下来向后拖着走，它能够将蹄子落地并一踏一抬地走路了，于是从值班室转到了一个推拉式铁门的隔离间，门上有马驹头那么宽的竖条状空隙，用不着人天天守在跟前，但消炎针还是要天天打。小黑炭每次望见我过来，不管我手里有没有注射器，它都会像见了仇人一样瞪着凶恶的眼睛伸着头，龇牙咧嘴地向我示威，有时还会冲过来咬我，结果只是将自己的嘴一次次地碰在铁门上。等到开春，小黑炭完全康复被放回了马群中，它养成了攻击人的恶习，性子烈得很，以后一直就改不过来了。而其他的小马生病被人医治后，它会对人很亲近，好像是在表达着它对人的感激。每次看到小黑炭凶巴巴地向我冲过来时，我就会指着它说："你怎么能恩将仇报呢？"

与小黑炭同时生病的还有野马中心羊圈的一只瘦骨嶙峋的大黑白花奶牛，患上了肠胃炎，不吃不喝，拉稀，每天得给它挂两次吊瓶。正值三九天，常常是寒风呼啸、大雪纷飞或者大雾的天气，我每天就迎着风雪往返于马舍、宿舍和羊圈之间，感到很累，锅炉也没有好好烧，房间冻得跟冰窖似的。一天早晨，我实在懒得生锅炉，穿着厚棉衣窝在沙发里掉起了眼泪。这时，新主任敲门进来了，我还在抹着眼泪。"你的房子真冷，锅炉没有架吗？"说着他向过道里面那个有锅炉小隔间走去，一看果然如此，他走到我跟前说："为什么不把炉子生起来，这么冷的天，不好好烧，你自己受冻不说，还会把锅炉冻坏的。""我架不着。"我

嘤嘤地用双手掩面哭着回答。透过手指缝我看见新主任出去了，过了一会儿，他从外面拿了一大把树枝走进了锅炉房，接着又提了几桶煤进来，不久后就听见炉火的声响了。

转眼春节来了，大年三十这天，新主任把他的爱人和孩子都接到了野马研究中心，他要在中心值班，小黑炭还病着，我当然也不能回家过年了。炊事员回家过年了，年夜饭是新主任和他爱人做的，我和不值班的饲养员也帮忙打了杂。

比起平时的萝卜、白菜、土豆这老三样，年夜饭真是丰盛极了，是我来野马研究中心一年多最丰盛的一顿饭了：清炖羊肉、红烧鲤鱼、大盘鸡等十几个菜摆了满满一桌。这是新主任来后新买的一张专门招待客人用的圆桌，淡咖啡色的桌面中央有个可旋转的茶色圆盘状玻璃，这张新桌子放在食堂的西北角，还配置了十几个灰色的新的折叠椅。西边和东边的墙边摆了两张平时大家吃饭用的旧方桌和几个条凳，东南面的墙角有一个放餐具的绿色的三角柜，食堂东边有一扇门及门窗与厨房相通，大门朝南开，门的右侧有一扇窗户，北面、西面墙上各有两扇窗户，西面两窗户之间的墙上挂着一张约 3 平方米的清山绿树流水的画匾，白色的天花板上横着三个日光灯。窗户和室内的用具都被擦拭得干干净净，食堂的暖气烧得很热，只听见锅炉的水箱在咕噜噜地响着，将腾腾的蒸汽和热水通过一个黑色的胶皮管子吹向地上的一个水桶里，像是在满怀热情地庆祝新春呢。食堂在秋天就被用白石灰粉刷一新，水泥地是新打的地平，十分平整。此时食堂显得整洁、宽敞、亮堂、温暖，与我来时的破旧相比完全变了样，餐厅里充满诱人的菜香。围坐在圆桌上的只有七个人，我、放羊老汉、两名饲养员及新主任一家三口，大部分人都回家过年了，还有一个饲养员正在马舍值班。新主任亲自把酒给大家倒上，说道："今天是大年三十，但野马饲养工作一天也离不开人，所以我们几个春节留在这里值班，大家辛苦了！为了表示对你们的感谢，我先敬各位一杯酒，祝大家新春快乐！万事如意！"然后他一一碰杯，嘴里说着"干了啊，干了。"

等三杯酒下肚，还没顾上吃几口菜，一直心事重重的我就再也坐不住了，趁着泪水还没有流出来赶紧出去了，回到房间里往床上一趴就呜呜地哭了起来。"每逢佳节倍思亲"，这是我在外过的第一个春节，此时此刻我多么想和亲人在一起啊！在这荒郊野外，没有一个亲人陪在我的身边。过年了，也不能给家里打个电话，听听亲人的声音，我多想把自己一肚子的委屈都说给他们听……恍惚中，只见有无数尖刀般的目光正从四面八方向我嗖嗖

野外救护生病
的马驹

飞来，痛得我对着凄冷黑暗的夜空声嘶力竭地呼喊着，呼喊着，呼声将整个戈壁都震得摇摇晃晃，把屋内的灯泡都震掉了，落在地上"啪"的一声碎了，我陷入了无边无际的黑炭一般的黑暗里，突然一个个黑乎乎的面目狰狞的魔鬼出现在我的面前，张开血盆大口，伸开长着尖利长指甲的双手向我逼来，我吓得毛骨悚然，大喊救命啊、救命啊地想拔腿逃跑，可是自己竟然一点都动弹不了……半夜醒来，发现自己没脱衣服，没盖被子，蜷缩在床上冻得发抖呢，这才知道原来自己哭睡着后做了一个噩梦。我赶紧起来去看看锅炉，发现火还没有灭，就往炉腔里填了些煤上床睡觉了。

第二天早晨我醒得较晚，有人来喊我吃饺子。我一照镜子，发现自己的眼睛肿肿的，真难看，赶紧用一捧捧凉水一个劲地往眼睛上拍，想让肿尽快消下去。

大年初三马舍的早班，是我和新主任的班，这可是我跟他第一次一起值班。早晨那顿给野马的草上夜班的人在早晨下班前就喂上了，当我来到马舍时，野马们正在吃早餐呢。我主动拉了水车到西马舍值班室门口，将一截黑胶皮管的一头接上水龙头，另一头放入水箱口，拧开水龙头放水。等水箱水满，我看看新主任，希望他拉着水车去给野马饮水。可他嘴里正叼着一根烟，坐在值班室床上无动于衷地吞云吐雾呢。我只好自己先行动了，正当我抓起水车的两前柄要走时，新主任这才说了句"等等，我把这根烟抽完我来拉"。于是，我赶紧放下了水车。

下面就是清理马粪了。小四轮拖拉机冻住了，只好用一个铁皮手拉车拾粪。手拉车约有一米宽、两米长、一尺高，前面有两个一米长的手柄。新主任拉着车，在马粪多的地方停下来，他和我都拿着一把大方头铁锹将地面上冻得跟铁疙瘩似的黑马粪蛋一锹一锹地往车上扔。一车粪装满后，新主任拉着小粪山从3号场南大门出去，倒在门前二十几米远的堆积马粪处。

拾完粪后，我和新主任又去大草库内的菜窖拉胡萝卜。萝卜窖在草库北面的地下，大约有80米长、10米宽、3米深，地面和墙都是红砖砌的，窖顶有个烟囱状的通气口。沿着窖南一个约与地面成30度角的10米长的斜坡下去，有合叶状的铁皮大门，冬天为了防止萝卜冻坏，在大门外挂了层厚厚的毡子。夏天窖里存放给野马防暑用的西瓜，窖内特别阴凉，夏季卸草热得受不了时饲养员就会跑进去乘凉。当我和新主任走进窖里时，里面漆黑一片。我将手电筒打亮，模糊地看到了地面上山丘样堆满了胡萝卜，上面结了一层白霜，用脚一踢，硬邦邦的。我打着手电筒，新主任一个人装起了胡萝卜。装满胡萝卜后，新主任在前拉，我在后边使劲推着车子上了坡。当把胡萝卜卸到值班室里时，已快到中午 1 点，该是野马午餐的时间了。我和新主任又赶紧拉着车子，拿上两把铁叉去草库装苜蓿草，叉一捆捆的苜蓿草往车上摞时，苜蓿叶夹杂着灰尘扬了我满身，有时溅得满脸都是，甚至进到眼睛里、嘴里，我尽力装出毫不在意的样子，整个上午，几乎一直都一声不吭。装满后还是新主任拉车我在推，将草一捆捆撒给簇拥而来的野马们。等我们喂完草都已经下午两点多了，下面就是轮流吃饭，新主任让我先回去吃饭，等半小时后我回来，他才回去吃。

小黑炭的腿到了春天才完全康复。这时一年最忙的时节被

强劲的春风吹开了帷幕，野马们开始为恋爱产仔忙碌。我们开始给野马防疫、组建家庭，为野马繁育做起各项准备工作，一忙起来，也顾不得如刀春风在我黑炭一样的脸上横七竖八地胡刻乱画了，至于辞职的事，或许也被风刮跑了吧。

在新领导的带领下，通过大家一年的辛苦努力，我们的环境、生活和工作条件有了很大改观。原来破旧不堪的职工宿舍、食堂焕然一新。坐在明亮整洁的宿舍里，望着窗外成荫绿树及平整的沙石路，当时因劳累曾产生过的怨气早已烟消云散，突然理解和感恩起新领导来。是呀，野马研究中心经费这么紧张，连野马都面临断粮断顿的危机，哪有钱去雇人干活？我们不想办法"自己动手，丰衣足食"怎么能行呢？那年夏天我们第一次在荒滩戈壁吃上了自己种的新鲜蔬菜，那滋味，别提有多美了。改良的土地第一年虽入不敷出，但让我们吃上了自己种的小麦磨成的白面，让我们感受到收获的喜悦和甘美，并看到今后丰收的希望。那两头黑白花奶牛都产了可爱的小牛犊，我们喝上了天然喷香的奶茶。戈壁上放牧羊的绿色羊肉，还有自己养的鸡，也都被端上了餐桌。有了小锅炉后，职工宿舍暖和而干净，不再像烧炉子时四壁被煤烟熏得黑黑的，还避免了职工煤烟中毒的危险。看着这些大家自力更生的成果，我觉得一年的辛苦真的没有白费，吃点苦原来并没有那么可怕，这一切经历都是宝贵的财富、值得珍藏的回忆。

春天里的防疫战斗

简直不可想象野马研究中心为什么会有那么大那么多的风。有"一年一场风，从冬刮到春"之说。春天的风没日没夜地聒噪，卷着沙尘，从戈壁深处吹来，沿着天山一路飞奔，在一望无际的戈壁上毫无阻碍地行军，把整个世界搞得天昏地暗。兴致来了，就呼啸着拼命摇着野马研究中心的树木，恨不得将树连根拔起，一些意志薄弱的树会经不起狂风的折腾而倒了下去，中心的电线杆被狂风刮倒过好几回，电线常被风扯断。风还呼呼地将枯萎的骆驼刺和蒿草扔上天空，拾破烂似的捡起无数的碎石子、破木棍、烂羽毛，兴高采烈地一路招摇，所以对突然横在荒原上的野马研究中心甚是恼怒。它们把野马研究中心那几排房屋原本雪白的墙皮摧残得沧桑无比，有一次来了一场大黑风，也就是沙尘风暴，将中心马舍的砖石围墙给推倒了几十米。门窗被吹得"哐当哐当"响，东西两个马舍的玻璃全被狂风打碎，多数就只剩下光溜溜的窗户框了。经过暴虐的准噶尔的风的洗礼，什么样娇嫩的脸上都只刻下两个字：沧桑。

雪渐渐化尽，地面上泥泞不堪，泥土沾到鞋子上有两公斤重，野马的脚上也沾满了泥，跑起来泥巴点满空乱甩。难怪野马研究中心有"晴天一身土，雨天两脚泥"之说。春天要防洪抗洪。天山上的雪水被太阳撵着沿山坡冲下来，有时候就把道路冲毁、围墙冲倒、菜窖淹垮，防洪坝泡塌，它们肆虐过后，留下一片狼藉，中心的人就要抓紧时间没日没夜地对受害设施进行抢修。有

时，他们还会站在齐腰的洪水里加固、加高防洪坝。但春天里，野马研究中心最主要的事情，仍然是野马繁殖和防疫。妊娠母马产驹前后，每天都有人细心照顾，对种公马，每天加两个鸡蛋增加营养，提高体能，好让它的妻子们都怀上孕，并且生出健壮的马驹来。这些都好办，困难的是每年春季给野马防疫打疫苗，这可是一个斗智斗勇的活。

为了预防野马传染病的发生，保证野马的健康，野马研究中心建立了预防为主、养防结合的疫病防治制度。除了加强饲养管理外，每年都要给野马预防接种（注射疫苗）、驱虫并定期进行检疫（体检）。

在给野马注射疫苗时，中心工作人员仿佛一个游击队员，要与野马展开一场长期艰巨的防疫游击战争。因为常年跟人类斗争，这些野马变得越来越机警，疫苗也越发的不好打，它们一看见长长的吹管枪，就像祖辈们见到猎杀者的枪支一样，像是受了惊似的整群跑起来。特别是头马，表现得更是警惕，见到人拿吹管靠近，便打起响鼻，算是发出警报，马儿们见到它的号令，都向危险来源处投去警惕的目光，而后纷纷向头马靠拢，在头马的带领下，奔跑着躲远。一些温顺的马，如野马王子和野马公主，

工作人员走到野马身边，用左手轻轻地抚摸野马的头或脖子，趁其不备，右手拿着注射器飞快地在马脖子上打上针，把药液推进去后立即拔掉，这就轻松完成了任务。但大多数野马可不是这么好对付，要靠吹管枪才能完成。

打疫苗之前，先把马饿上一两顿，这样人们好以草为诱饵给马打疫苗。打疫苗时，人躲在隐蔽处，如门后或马舍的窗户后，或在砖墙上打个洞，人藏在墙后面，在门、窗或墙跟前撒上些草，等马来吃草时，用吹管枪将针管吹出，只听"呼"的一声，尾部带着红缨的针管就会像飞镖一样扎在马的屁股上，马突然被飞来的针头击中，立刻炸了群，挨了针的马一边跑跳一边回头看自己屁股上晃动的针，就拼命蹦着跳着，欲回头去咬掉或者尥蹶子，直到将它甩下来才会慢慢安静。工作人员赶紧跑过去将针头捡起来，以备下一次再用。但它这么一闹腾，一些聪明的马看穿了人们的阴谋诡计，就不上当了，它宁愿饿着也不去吃那些引诱它上当的草。这时你就得换个地点，等马安静一阵放松警惕时再出击。总有一些禁不住诱惑的傻马、馋马前去吃草，当它们慢慢腾腾一次次鼓起勇气靠近去吃草的时候，"游击队长"就在墙的另一边把枪从墙洞中小心地伸出来，用尽力气，对着枪口呼地吹

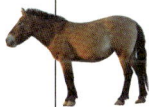

一口气，野马就又中了枪飞奔起来。

　　另一个办法就是躲在给野马喂草的小四轮拖拉机上给野马打疫苗。因为长期用四轮拖拉机给野马定时喂草，野马们养成了习惯，一看到草车来了，就排成一队跟着讨草吃。吃草时间，当听到四轮拖拉机的声音，它们都会不安地在场内来回走动。这时候饲养员往四轮拖拉机上装上高高的一垛草，打针的人拿着吹管枪，特工队员似的躲在草后。当马靠近时，把枪慢慢伸出去，瞄准，射击，这样又可以"解决掉"一些马。最后总有那两三匹马，在离草车较远的地方驻足观望、徘徊，或者试探着靠近衔上一口撒在地上的草后撒腿就跑；要不就是躲在其他马的后头，眼睛不时地贼溜溜地朝车上的人看上几眼，草车不停地靠近、远离，围着未打针的马转来转去，那马也跟他们兜着圈子，等到野马实在没有耐心、稍稍放松警惕的时候，工作人员就会把握时机瞄准野马赶紧射击。

　　就是经过这样系统庞大的一二三的工程过后，最后还是能余下一些拒不投降、顽固不化的"死硬份子"，它们最谨慎、最狡猾，这些老奸巨猾的野马如大帅和绿花，都成了工作人员重点的攻克对象。一般情况下工作人员是狠狠饿它们几顿，这种情况下，意志不坚定的马往往变节投降，走到草车跟前来。有些公马宁可饿死，也不上当，这个时候工作人员无计可施，只好采用硬

办法进行围追堵截，将它们追堵到一个狭小的场地内，施展百步穿杨的神功，将吹管枪内的针吹出去。一般工作人员不会用这种粗鲁的办法，特别是繁殖场内有母马和小马驹，他们是不会用这种办法的，怕野马惊慌奔跑时碰伤小马驹。但光棍营里那些混混要是老这么不配合，他们也就顾不了这么多了，一次疫苗要打好多天，人喊马嘶，场面混乱，当最后一匹马的屁股上带着针乱蹦乱跳的时候，所有的人才会松一口气。

为了保证野马的安全，对于繁殖群的马，特别是带小马驹的马，你必须有足够的耐心，不能跟它们来硬的。只能耐心地打持久战。饲养场地内用木架撑起的野马的凉棚，棚顶铺了些干草，工作人员就躲在上面静静等候狡猾分子的到来，今天打不掉等明天，明天打不掉等后天，直到给它打完针为止。

青春的风铃与野马齐鸣

在卡拉麦里荒原，有这样一群人，用青春和一腔热血无怨无悔地守护着野马。为了拯救和保护野马，为了让野马回归家园，这些守望野马的人们，在恶劣的自然环境和极其简陋的生活及工作环境中顽强地拼搏着，用超人的意志力坚守着，在荒无人烟的戈壁荒原，用寂寞的长鞭放牧着青青。

从 1986 年建立新疆野马繁殖研究中心至今，他们陪伴野马走过了 30 年的风雨路程。他们顶着烈日，冒着严寒，精心看护和饲养着野马，烈日几乎把他们烤焦，冰雪几乎把他们冻僵，风沙常弥漫着他们的双眼。而他们就像是荒野里的树，在荒野里扎了根，在风吹雨打中把根越扎越深。

起初也许有很多的不情愿，有很多的无奈，甚至水土不服，可谁都没有回头，就这么坚守着，坚守着，直到把他乡守望成故乡，把荒野守望成家园。是啊，想要忘记，又怎能忘记，他们与野马相依相守的青春岁月，那被泪水打湿的青春花瓣，一次次地晾晒却怎么也晒不干。天马的黑眼睛，怎样点亮了那无数个黑夜，那无数个仿佛世外的凄冷的夜呀！青春的心是怎样一遍遍徘徊于那荆棘丛生的小径，血色小花开满的崎岖小径，怎样走也走不到尽头。思亲思乡的心，每天如何随太阳起起落落，随星辰占满夜空，如何把孤寂的心包围得水泄不通。沙尘暴如何吞没一场场爱恋，风霜烈日怎样割伤青春的脸，那被寂寞和伤痛煎熬无数次想叛逃的心啊，怎样一次次又被野马牵回。

他们的日子泛着白碱，沾满泥土，被盐碱水泡着，漠风割着，洪水冲着，泥浆拖着，一天天地向前走着。白碱爬上房屋，在墙脚墙壁上又割了很多裂口，有的墙还歪歪斜斜，摇摇欲坠，似乎被风一吹随时可能倒塌。风在野马保护者的脸上、手上也留下裂口，洪水给大地留下很多裂口。还好太阳很慷慨，每个地方都能照到，当照到那些裂口时，裂口却都咧开嘴，对太阳笑着。是呀，保护者们每天都在笑着，不管心中有着多大的裂口。

他们很多都是十几、二十几岁就来到野马研究中心，一干就是 20 年、30 年，来时风华正茂，走时满头华发，把自己全部的青春都奉献给了野马事业。远离都市的繁华，在仿佛被现代文明遗忘的戈壁大漠，他们守着野马，守着寂寞，与亲人聚少离多，有时忙起来，两三个月都回不了一趟家。年轻人的爱情之路往往都很曲折，有些三十好几才成家，成家后有了小孩后，又顾不了孩子，顾不了家，有的夫妻长期两地分居。由于长年风霜及强紫外线侵袭，他们中很多人都得了这样或那样难以治愈的疑难杂病，却带着病痛继续坚守岗位，甚至有的还会病倒在工作岗位上，当抢救过来后继续坚持工作。

常有人会问，是什么力量支撑着他们，在荒野里坚守了这么久。我想其实没有什么豪言壮语，也无需讲什么大道理，他们就

这样做了，他们就一直这样做着，默默地坚守着。像是戈壁上的小花，默默地开，默默地败，紧贴着大地，开成笑脸的形状，笑容里时常还带着泪。那些鄙夷或者赞许的目光，他们似乎都无所谓，生命为谁而精彩，也不过多去想，既不在乎自己有多微小，也不在乎是否有人知晓，他们只顾竭尽全力，发光发亮，吐露芬芳，把泪水悄悄藏于心中。在地窝子里，在小白房子里，在无数个没有长明电的暗夜里，他们的青春，在烛光里摇曳着，摇曳着，寂寂无语。

野外工作

野外监测人员的简易餐

　　野马野放后，在卡拉麦里荒原，环境更加荒凉，生活更加艰苦。工作人员住着帐篷，在野放点建起了野马的暂养围栏和一所不到 20 平方米的一厨一卧小平房。由于野放点仅有的一口井水又咸又涩，人不能喝，饮用水得从最近的离野放点约 40 公里的恰库尔图小镇运来。而当时，每月只有 300 元的加油钱，为了节约经费，工作人员每周才能去镇上拉一次水，同时购买米、面、油、菜及生活用品。另外，还可以趁此机会在镇上吃顿好吃的，好好解解馋，因为平时自己做饭吃，吃得

清汤寡水，天天啃干馕，把胃都吃坏了，胃经常冒酸水。而到了夏天，喝的水不到三天就发了霉，长了绿毛，工作人员有时喝了这样的水会腹泻，或者皮肤过敏，得个急性病连看病的地方都没有。为了节约车的油费，值班人员经常步行十几公里监测野马。随着野马野性的不断恢复，野马会越走越远，活动范围越来越大，而且随着野外种群的不断壮大，自然分化成了好多家庭，活动点也随之增加。监测人员的工作强度、难度及危险度也会随之加大。为了找马，他们有时会在茫茫戈壁迷失方向，常常把腿都快跑断了。夏天高温酷暑，每天都得在烈日下跟踪监测野马的行踪，人常常渴得要命，喝多少水都感觉不够，感觉进入体内的水随时都跟蒸发了似的，出来找马时带的水总不够喝，人渴得嗓子直冒烟，野放站监测人员多少次都因中暑而倒下。

野放初期，由于没有先进的监测设备，野马失踪的现象时有发生。在野放的第一个冬季，在茫茫雪原，为了寻找失踪的野马，他们吃着干粮，喝着雪水，在没膝的积雪中，连续找了三天四夜才找到野马，由于过度疲劳，他们卧在雪地里倒头就呼呼睡去。监测人员每天开着一个破得快散架的 2020 车去找马，起伏不平的山丘把人的五脏六腑都差点颠出来。车经常出现这样或那样的故障，有时会爆胎，有时没油了，有时会突然坏在半路打

不着火。有一次，工作人员去跟踪向乌伦古河附近活动的光棍马群，车坏在离野放点 30 多公里处，荒无人烟，野外没有手机信号，他们只好跑了十几公里路，好不容易找到了一家哈萨克牧民家，向牧民求救。好心的牧民骑着摩托车把工作人员带到了恰库尔图小镇，找了辆车把坏了的 2020 车从荒野里拖到恰库尔图小镇上修理。每天，监测人员的神经都处于高度紧张状态，因为没有通信工具，监测、交通设备都很落后，一旦出现了意外，他们无法向外界求救，只能靠自救，靠自己的智慧、意志力战胜困难，不然，就只有死路一条。

孤零零的小白房子周围，时常有狼在活动。平时跟踪野马时，工作人员也可以见到狼，尽管因为开着车或两人结伴而行，一般不会受到狼的攻击，但也让人每天提心吊胆。有一次一个值班人员起夜方便时，看见一只狼向他逼近，他吓得魂都没了，裤子都顾不上提，撒腿就跑。听说，这是一只老狼，当时正在啃离小白房子有 20 米远的一匹死野驴。自此，野放站的监测人员夜里再不敢一个人上厕所，都是两人结伴而行。野放站每班两人，一个月

换一次班。他们每天天蒙蒙亮，就出去找马，跟踪监测野马的活动情况，出发时带上干粮，带上水，一跑就是一天。他们白天去找马观察马，感觉时光还过得挺快，没有那么难熬，而夜晚回来，他们只能点上蜡烛，两人大眼瞪小眼地你看看我，我看看你，百无聊赖，长夜漫漫，寂寞无边，于是，疯狂地思念起亲人，思念起家来。多想给老婆、给孩子打个电话，可野外一点信号都没有呀。为了节省蜡烛，他们大多时候都是黑灯瞎火地聊天，有时借着月光，有时借着星光，有时借着炉火。这时他们常会把烟点上，一根接一根地抽，在黑夜里，烟火星星点点地闪烁着，诉说着无尽的寂寞。野放点附近时常会一个月见不到一个人影，他们有时会去拦路上过来的车辆。在荒郊野外突然冒出个人影来，司机就像见了野人似的吓一跳，有的会不理他们就跑了，有的会停下来，问他们在这干什么。其实，他们只是想要个报纸看看，或找人说两句话，打发一下寂寞而已。有时他们会对着无边的旷野大吼几声，宣泄一下心中的郁闷。而野放站的工作人员，起初一天只有不到 10 元的野外补助，连顿吃拌面的钱都不够。

在大自然风霜的洗礼下，保护者人黑了、瘦了，而野马却肥了、壮了，繁殖率、成活率世界第一。在先后从英国、德国、美国引进 24 匹野马的基础上，野马研究中心繁育了 5 代近 600 匹野马，现种群达到 360 余匹，发展成了亚洲最大的野马繁育基地。

野马首次放归时领导合影

自 2001 年首批 27 匹野马放归大自然以来，先后有 95 匹野马放归野外。在 15 年的野性生涯里，野马已在野外顺利渡过了食物、水源、繁殖、防御天敌等生存关口，表现出良好的生态、行为和营养学方面的适应性，野放试验取得探索性成功。全世界都向这里投来惊奇的目光。保护者们用青春的汗水和泪水铸就了野马事业的辉煌，昂扬向上，奋勇向前，不屈不挠的野马精神已深深扎根于他们体内，正如太阳般射出万丈光芒，照亮了野马重返大自然的路。

当野马在卡拉麦里旷野自由奔驰时，保护者们青春的欢笑与泪水，绿荫与彩色的梦想，则如一个个风铃，在浩瀚的大漠中，当风起云舞时，与马嘶齐鸣。当漠风的纤指轻轻一拨，那醉人的铃声就从大漠的晨辉里忽地蹦出，像小马驹稚嫩的叫声一样清脆，伴着野马俊美洒脱的英姿，和着马群高昂的嘶鸣，在朝晖、晚霞或灿烂星河里，风弄清波般漫向无数的心灵，漫向无数渴望爱与自由的心灵。就让这仿佛来自天外的乐音，穿透远古的苦难，穿越一切的禁锢，送野马回家吧，送所有迷失的心灵回家吧。

人马情未了

　　王子、王子，今夜你为何一直在望着我？是你突然出现在我的面前，还是你从未曾离开？你一动不动地在望着我，眼睛眨也不眨一下地在望着我，你一声不吭地在望着我，望得我眼泪汪汪，望得我难以入眠。城市的夜正流光溢彩，你是穿越了怎样的千山万水来看我，从另一个世界。是的，你已没有了任何的栓梏，你时时刻刻都在天堂奔驰。

　　你渴望回家的眼睛，一生的颠沛流离，一如我的心灵，与你的命运同舟共济，我的青春因栖居在你的梦里而不凋不败。生命中的狂风巨澜在此歇息，如黄昏中夕阳下静谧的大漠，睡得比哪里都甜美，呼吸里散发着灵魂的香气。

　　你的目光，如闪烁的灯火，正穿透岁月的沧桑，穿透夜色的迷茫，将我带回荒原，带回那相守无言的时光。我沿着你的目光，沿着那弯弯曲曲的马道，将你一生走过的路再陪你重新走过。在这静静的孤夜，在这城市中的荒野多想知道你想要对我说什么？你是想为我捡起那沾满泥巴被风沙掩埋的水晶鞋吗？你是想带我去远方，和你一起去飞翔吗？还是想让我背起阳光，继续为你的子孙们回归家园，而勇往直前呢？

　　望着望着，那黑眼睛与黑眼睛相交融的目光，就进入了我的梦里。我梦见你变成了一匹白龙马。黑色的天马，黑色的忧郁，20载后，你已褪去灰暗，褪尽忧伤，变成一匹白龙马，在我朝圣的路上，迎面而来。梦中与你的第一眼，穿透20年的青春岁月，

又在此不期而遇。我与你说起话，说着说不完的话，感觉在与自己的心灵说着话，与另一个自己说着话，其实我们一句话也没有说，只是黑眼睛和黑眼睛在说话，其实我们一句话也不必说，彼此想说的话都已全知晓。那么，好吧，白龙马，让我跨上你的背，请带我回家。如今褪尽黑色，你已非你，而你依然是你，是我梦中的天马。看那天边道道彩虹，那风雨过后的灵性之光，正在向我们招手。马儿呀，快快跑，飞越过那座白云后的天桥，我们就到了家。

而我的青春，一面是鲜花和掌声，一面是万箭穿心的疼痛，原来我也是一匹流离失所的野马，在回家的路上跌跌撞撞，醒来前的时光交付于荒凉戈壁，醒来后的时光交付于病床。好想好想，再回到野马身旁，让心灵在无限的宽广和宁静里，如碧空般澄澈无忧。鲜花与掌声里，我依然无法肯定自己，而激励与赞许，却在你的眼里漫天飞舞。还有一大片玫瑰园，也在你的眼中盛开，沿着那幽深的小径，我寻找着前世的足迹，看花前那汪湖水里，是否有我们曾漫步的倒影？青春一直那么泥泞，是因为没有懂得你的引领。而今蓦然回首，发现你的每个眼神，都会迸出诗意的春天；你的每句话语，都是我灵感的源泉，相信你眼里的火炬，定会把我前行路上的栅栏销毁。

我真心地想对你说，谢谢你，收容了我的泪水并以鲜花覆盖之，收容了我的疼痛并把它们一一医治，收容了我的一切并用歌声装扮之。一切无声无息，一切如春

风化雨，你沉默不语，沉默不语，只用你的黑眼睛与我对视，用你无止境的爱与我对视，在黑夜的绳索上，在风霜的刀刃上。你在寂寞岁月里陪伴着我的寂寞，你是风，为我鼓起了帆；在泥泞、在沼泽中，你是一片自由广阔的草原，任我喜怒哀乐的野马，恣意驰骋。每当沿着你的目光，回到野马身边，回到戈壁的怀抱，我的心变得像空气一样轻灵自由，像这片土地一样安宁，千百回地寻寻觅觅，一路上的磕磕绊绊，不知何处是家园。松软土地上我轻轻的脚步声告诉我，空旷大漠中野马自由飞驰的身影告诉我，灵魂安放之处，便是家园，是我心灵的家园。

在繁华的都市，每当阳光和和美美漫过了办公室的窗，我静静地享受室内的春天时，心总是穿越时空，穿越层层高楼，穿越万水千山，回到千里雪域，回到茫茫戈壁，去追寻懵懂的青春，追寻那悠然飘落的片片雪花，追寻你的身影。北风推开季节的门，用鹰的利眼，仔细搜寻着故事里的细节。那寂寥时光里的一些感动，那与你相依相守的时光，正渐行渐近，点点滴滴地濡湿着我的心扉。辽阔和宁静终于缓缓流出，在喧嚣都市的大街小巷悠然漫步：从公交车挤得不能再挤的夹缝里，从长长的踯躅不前的车流里，从窗外隆隆的车鸣声里，从密集如蚁的人群里，以明月，以湖水粼粼的波光，以青草，以野菊淡淡的芬芳，以黑眼睛里的痴，以唇齿边的笑。因为对你日夜的回望，因为望见了你的黑眼睛，因为把一片旷野、一群骏马、一个大自然带回了都市，因为真真切切地感受到了你的存在。

我要画一匹神骏，在我梦中的草原，按照你的样子，和你那遥遥相望的眼睛。当我含泪把你思念，当我胸中奔腾起千军万马，那神骏就会腾空而起，在快意的嘶鸣声里，射向天际。带我一起在阳光下奔跑，带我一起去追逐雷电，引领我不断前行，向着新的高地，向着更辽阔的疆域，一路狂奔，仰天长啸，豪气直冲云与月，何惧那风霜和雨雪！

想象的天空，总有这样一匹天马，陪伴着我走过青春岁月的泥泞，他会入我的梦，入我的诗。

致天马

（一）

在那遥远的地方
谁的黑眼睛
正穿透雨夜
与你在天山之巅碰杯
与你在苍松翠柏间 如毯绿茵上
围着篝火载歌载舞

那红红的火焰
把天山的脸
变成了映山红
仿佛要把天山
从头到脚
都融成一汪秋水

天马 天马
当你与这场久盼的雨相遇
当你的心儿举起了杯

一场盛大的烟火
正在你的眼里燃放
让夜无眠

（二）

喜欢在无边的旷野里
只有我和你

喜欢你芳草的气息
月光般弥漫在我的心底

喜欢在这样宁静的夜晚
只为你写诗
喜欢你俊美的身影
在我键盘上恣意奔放的舞姿

喜欢你把爱与自由的美梦
洒满天空和青草地

喜欢你黑眼睛里的风云雷电
变幻出岁月的神奇

（三）

你遥遥相望的目光
让我的房间更加空荡
满房的寂寞
也因此有了方向

心事总在深夜
被你点亮
亮成灯火的海洋
亮成都市中的一片荒野

你的名字
是灯海中游动的千万条金鱼
闪烁着的鳞光
夜己决堤
无法把思念抵挡

野马群奔来
无数的铁蹄在我的心上
踏过
那响彻夜空的嘶鸣
让山崩 让地裂

小驹儿

（一）

　　我站在凄风中，我站在冷雨中，我站在寂寞无边的夜色中，用整个青春守望着一个坠落山崖的梦，守望着戈壁的空旷与荒凉。若不是那可爱的小驹儿，我不知该如何抵挡戈壁的风霜和寂寞。那活泼帅气的小王子，那美丽乖巧的小公主，虽然不言不语却如星星一样闪烁在我的周围。它们如空灵纯洁的雪花，如清澈见底的小溪，如碧蓝碧蓝的天空，如欢快灵动的音符，给我灰暗的人生底色涂上了鲜艳亮丽的色彩，让我因孤独失语的心灵，又有了百灵的歌喉。如今，当我的心被都市的荆棘扎得千疮百孔，又有会说话的"小驹儿"那调皮可爱的小王子，绽放在我的身边，这是一种怎样的幸运呢？

　　我心爱的宝贝儿子，就如那活蹦乱跳的小马驹儿，无邪而无忧；就如那陪伴我青春的小马驹儿，跟前又跟后。当我伤心的时候，我的小驹儿总会说"妈妈，你还有我"。是的，即使我失

去了全世界，我还有我的宝贝，在每个清晨，以明媚的阳光站在每一个路口，迎接着我。风起了，你在；叶落了，你在；下雨了，你在；飘雪了，你在。你的存在，你的陪伴，让我幸福的高塔直耸云霄。小驹儿是我的呼吸，我的欢笑，是我人生的太阳，每当和"小驹儿"在一起连我也变成快乐的小驹儿了。感恩绝境的罅隙中蹦出你这样的阳光，你的小嘴里总会冒出神的话语，让我感到众神的温暖。你的笑姹紫嫣红，惊艳着我的时光。是的，我还有你，妈妈怎么能够没有你？我的小宝贝当你还未满三岁，天天还让妈妈给你喂饭穿衣，你却说你会拖地、洗衣、做饭、买菜，你要照顾妈妈，保护妈妈。"妈妈，我给你洗脚吧"，说着一双小手就伸进脚盆欲揉搓我的双脚，"妈妈，我给你洗衣服吧"，未等我阻止，小手已抓起盆中的衣服揉起来。"妈妈，你没事吧？我来给你捶捶背""洋洋快长大，长大了给妈妈做饭饭"。宝贝看着因病躺在床上的我心疼地说："妈妈，我要保护你"，"妈妈，让我来背你"，"妈妈，你是世界上最好、最美的妈妈。"

我心爱的宝贝儿子，谁教你说出这样体贴的话呢？ 都说女儿是妈妈的小棉袄，可淘气大王般的你却比棉袄还贴心。 前世、今生、来生，你永远都是妈妈的至亲至爱，有了你，妈妈是世界上最幸福的妈妈，有你在身边，妈妈再痛也不觉得痛，你纯真稚气的笑脸，是妈妈最好的止痛剂。

我的宝贝，如果没有你，家就没有了方向，妈妈的心就会被无家可归的感觉啃噬，就会被对你的思念啃噬，每一次分开，我都把你的照片看了又看，我亲爱的宝贝，原来我并非无家可归，

你就是我的家。

　　看着我每次匆匆离去的身影，宝贝常说，妈妈，你不要走，你别去上班，陪着我好吗？我心爱的小宝贝，你可知道自从你来到这个世界，妈妈一刻也不愿意离开你呀，只想分分秒秒寸步不离地守护在你的身边，看着你天真可爱的笑脸，看着你像小马驹一样活蹦乱跳，看着你健康快乐地成长，哪怕你淘气地把家里翻成了被盗现场，哪怕你弄坏了一个又一个玩具，哪怕你打翻了盘子摔碎了碗，哪怕你躺在地上蹬腿哭闹着撒野，妈妈都不会责怪你，妈妈只会更加疼爱你。我心爱的小宝贝等你大一些，你可能就会明白，为了更多的野马宝贝，妈妈不得不离开你呀。离开你的日子，每当看到一匹匹可爱的马驹，妈妈想念着你；走在空旷的戈壁上，妈妈想念着你；吃饭时妈妈想念着你；睡觉时妈妈想念着你。清晨醒来第一眼，妈妈要先看看你的照片，晚上也要看着你的照片入梦。仰望蓝天我看到了你，俯首大地我看到了你，

站在马舍里我看到了你，坐在办公桌电脑前我看到了你，我在树林里看到了你，我在花丛间看到了你，我亲爱的小宝贝，你其实无处不在呀。你其实一直守在妈妈身边，你一刻也没离开过妈妈，因为你是一个可爱的小天使，一直住在妈妈的心尖上。

最怕离别无情地又撕裂伤痛，每次总想在宝贝熟睡时，悄悄转身，看了又看，亲了又亲，但却总在你的哭声中去与一场大雨相撞，撞得我身心俱裂。假如能不用去上班，假如能时时刻刻陪在你身边，看你笑，看你哭，看你闹，看你在阳光下一点点地长大长高，你成长的点点滴滴，都尽收眼底，笑着你的笑，痛着你的痛，牵着你的小手一直朝前走，还有什么快乐能比得上把你拥有。

没有了小驹儿的欢跳，春天仿佛没来过，天空依然飘着去年的雪花，清泉依然被冰卡着喉咙。鸟儿用沙哑的嗓子呼唤着绿

叶，枯叶在哭，因为不能重返枝头舞蹈。没有了小驹儿的欢跳，马妈妈伤心欲绝，世界哽咽无语，荒草萋萋连天，只有寒风在狂笑着，横扫世界仿佛成了地球永久的霸主。

当我的宝贝"小驹儿"不在身边时，房间一下变得空荡荡，夜也变得空荡荡，只有我的眼眶不空，泪水很饱满；我的心也不空，被宝贝的音容笑貌挤得满满。看见他灵秀的眉眼，我知道诸神已来过，听见他清脆的笑声，我知道春天不会落下。可是，一离开你，天空就碎了，碎成片片飞雪，被寒风撕扯着狠狠抛向茫茫无涯的虚空。当夜晚来临，有时会感觉宝贝依然在我的怀里，做着甜甜的美梦，半夜醒来，往身边一摸，宝贝怎么不在了呢，难道被窗外的狂风卷走了？四壁空落，寂寂无声，我的思念顿时也变成狂风，赶紧去追窗外的狂风，一直追到旷野的野马群中，看哪一匹小马驹是我的宝贝儿，我的宝贝儿又是哪一匹小马驹。那些被风打碎的窗户哐哐直响，仅剩窗框边一排排尖利的牙齿对着狂风怒目相向。这不是想象，狂风四起时，总会把我刮至荒野，看青春的开落，风突然一歇息只听见"哐当哐当"马蹄敲打钢围栏声击破夜空，而后世界静极，仿佛要陷落，我突然想抓住风的衣襟，就像抓紧宝贝儿子的小手。不知把心炼成怎样的金刚，才能把对你的思念来抵挡。我最亲爱的宝贝，我多想什么也不去做，只守在你的身旁！

（二）

宝贝儿子第一次见到野马的时候，是他不满三岁时，那是 2015 年 11 初的一天，天气十分晴朗，只是有些冷。当时，我带着新疆朗诵艺术协

会及萤火虫公益团队的朋友们去看野马。我们首先进入了8号场光棍营，公马们见人来了，先是驻足观望，见人走近，都远远地小跑起来。当我们离公马们更近时，宝贝对着野马群用稚嫩的声音喊起来，"野马，我来了"。看上去一点也没有恐惧，没有距离，像见小猫小狗一样亲密，仿佛与动物们有着天生的亲近感，他高兴地撒欢去追野马群，像追着蝴蝶，追着浪花。公马们见状，奔跑起来，身后扬起滚滚尘土，我赶紧把儿子追回来，因为公马群的马平时不怎么跟人亲近，警惕性较高，不容易近距离接触。

为了让儿子能零距离接触野马，我带他去了1号场，去看那些比较乖巧的母马。当儿子一进去，马儿们纷纷前来欢迎，友好地瞅着我的小宝贝，或许把他当成小驹儿了。一匹母马走到儿子跟前，亲昵地伸头去闻儿子的衣服，儿子伸出小手，去摸马的脖子，他一会儿摸摸马头马脸，一会儿摸摸马儿的鬃毛，一会儿好奇地瞅瞅野马的黑眼睛。马儿低着头，亲亲他橘黄色的小羽绒服，啃啃他的小兔头鞋子，还把嘴凑到他的小脸蛋、小手上去亲。宝贝还会走到马屁股跟前，还想拍拍马屁股，这可吓坏了我，马屁股能拍吗？小心马踢。儿子一会儿又说要骑马，我说野马能骑吗？他哭着非要骑上马背，我就抱起他，欲把他往马背上放，他才一下停止了哭闹，笑了起来，眼角还挂着泪。马背有些高，我抱不上去，就把他放下来。只见他对着野马，又张开双臂，想要把马儿抱到怀里，或许是想与马儿一起去飞吧？初见野马的朋友们在我的带领下，一个个小心翼翼地向野马靠近，生怕被野马踢着或者咬着，她们有的还不敢去摸野马一下，见到儿子跟野马如此亲近，都说："这小家伙胆子真大，跟匹小野

马一样。"我给儿子一把饲草,"野马,饿了吧? 快来吃草",儿子一边说,一边伸手递到那匹母马嘴前,野马衔上一大口,美滋滋地嚼起来,连掉地上的草渣都不放过,低下头津津有味地吃着,儿子在旁边一动不动地看着。

一会儿,他又想去相邻 2 号场的野马们去玩,没等我走到他跟前,他就像风一样,翻上了铁栏,我赶快抱住他,不让他过去。2 号场的马儿们又簇拥而来,儿子只有倚在铁栏上,把头和手伸过去,隔着栏杆去摸马儿,与马儿嬉戏玩耍。马儿看小家伙个头小,竞相低着头亲起儿子的衣服和小手来,儿子开心地笑着,和马儿说起话来:"野马,你们太可爱了,我好喜欢你们。"这时,阳光像是一个调皮的小宝宝,也来凑热闹,跳到儿子的小脸上,跨上马背,在马鬃、马背上跳呀跳,蔚蓝的天空中,飘着白云朵朵,低头看着儿子与马儿玩耍的场景,似乎在瞪着好奇的眼睛在问"这是谁家的野小子呀,简直比野马还野!"我看着宝贝与野马一见如故,如此亲密,如一匹小驹儿回到了马群中,这哪里是什么初相遇呢? 一定是几百年前的老相识! 这样和谐、快乐、暖意融融的画面,也一下让我想起自己常和野马小驹儿玩耍的场景来。

我想起无数个美好的清晨,或是迷人的黄昏,小驹儿们在场地欢快奔跑、玩耍的身影。每当见到这些可爱的小驹儿们,在这样美好的时刻,时光就此停止,在小驹儿无拘无束飞奔的身影里,我已无龄。就算时光易逝,青春流逝,当见到小驹儿,看到它们天真无邪的大眼睛,看到一个个彩色的童年在荒野里飞,仿佛一切都会回来,何需去找寻? 青春一直在此驻足,在小驹儿清脆的嘶鸣声里,在彩虹一样的佛光里,在小驹儿不羁的身影里,青春一直在飞扬,随着朝阳而歌,伴着彩云而舞,何曾离开?

当我们要离开野马时,宝贝还没跟马儿们玩够,不想走,马儿们也依依不舍地跟着他,想跟他继续玩,或者想让他留下来,天天跟它们玩。

　　而后我们又参观了野马科普展厅，在会议室里举办了一个
小型的野马诗歌朗诵会。新疆朗诵艺术协会知名朗诵艺术家梁增
田先生又朗诵起那首我的诗《腾飞吧，野马》来。在他声情并茂
的朗诵中，我看见野马们已腾飞，从他朗诵诗里腾空飞出，身姿
矫健，驾着云雾，卸去了百年的耻辱。也许儿子在野马群里还没
疯够，这阵又在会议大厅里如小驹儿一样撒起欢来，我拉也拉不
住。他这个小驹儿，围绕着朗诵家，围绕着这匹大骏马，不停地
跑呀跑，一圈又一圈，不知疲惫，嗒嗒的小蹄，为野马诗配着打
击乐，像是鼓声咚咚，不时会蹦跳一阵，像小驹儿扬蹄尥着蹶
子，算是配乐又配舞了。口渴时，他大口大口地对着茶杯咕咚咕
咚喝几口，接着又去撒欢，不知疲倦。萤火虫公益爱心社的"萤
火虫"们，都纷纷飞到了野马身边，屏息聆听着野马的颂歌，一
阵阵掌声和儿子铃铛般的笑声，漫向戈壁大漠，只见星星点点的
爱心之火，欲把整个荒原点燃。

听"春雨"滴答

野马繁殖研究中心的春天来得那么轻快，那么温柔。进入三月的半个月来，一直风和日丽，春意融融，没有一天狂风肆虐。马舍的冰雪化得很厉害，到处是坑坑洼洼的泥黄色的积水，远望明晃如镜，泥地上枯黄的剩草、马粪散发出一种特有的气息。野马们日渐活跃起来，踏着烂泥在场地里奔跑、追逐、跳跃、打斗，溅得泥点四飞；或者在泥地里打个滚，然后突地站起来，抖动抖动身子，使本身因褪毛而衣衫褴褛的自己更像个小丑；还有的卧在泥地上无忧无虑地睡觉，洁白的腹部沾满了泥；吃饱了、打累了才会像一个塑像似的站在那儿安详地半睁半闭着眼睛沐浴春日。

这段时间有幸回到久违的野马身边，每天都去马舍观察野马，或倚着铁栏杆，或静静地站在野马身边，或坐在苜蓿草堆上，享受着温暖的阳光，又找寻到了难得的自由与惬意。马舍顶上的积雪化的水从5米高的房檐滴落下来，在地面上形成一个个大小不一的积水坑，马舍门前水泥地都被滴出一个个浅浅的小窝。水花欢快地跳跃着，水泡此起彼灭，水波圈圈荡开，溅得地面的墙上形成一块似半圆的潮湿痕迹。偶尔会有野马好奇地走近溅起的水花，小心地把头伸过去喝水，可溅到眼上的冰凉水滴使它打一个激灵快速躲开。我常久久地凝望着活力四射的水花，安静地听着滴滴答答的水声，有时和野马沙沙采食饲草的声音混成一片，还夹杂麻雀和一些不知名的鸟的"喳喳"叫声。闭上眼睛

　　细细聆听，就像是在听春雨滴答，春天的阳光无比柔和地洒向我，让我不由得感觉到这是多么温暖而美妙的"太阳雨"啊！未见其形，已闻其声，这绵绵不断的"雨声"就像一首动听的音乐，奏响了春的序曲，那晶莹剔透的"雨滴"则是一个个跳动的音符。

　　听到这"春雨"的滴答声，野马们春心欲动，开始进入恋爱的季节；听到这"春雨"的滴答声，小燕子开始从南方踏上北飞的行程；听到这"春雨"的滴答声，小草悄悄从泥土里探出头来；听到这"春雨"的滴答声，我会如何呢？

　　那些曾经耿耿于怀的是非恩怨转眼成空，就像雨滴入地顿时无形。听着这"雨声"，我甚至觉得自己也无形了，融入了大地，融入了自然，完全摆脱了世俗的牵绊和名利的困扰。这"雨声"，是来自于大自然的动听乐曲，它与野马一起伴随我在荒凉戈壁度过 20 年的青春，即使我不在戈壁，不在野马身边，它也会飘入我的梦中，晶莹如泪，甘甜如露！我深知它的妙处和益处，它能使你的心灵获得安宁和快乐，它会给你启迪，给你勇气和力量。

　　朋友，如果你在都市里感到痛了、累了，不妨也来听听这"春雨"滴答。

在戈壁绿荫中徜徉

野马野放后的第三年，一座新的综合楼拔地而起。野马研究中心的工作人员从几十公里外拉来沙土代替了碱土，他们没日没夜地挖树坑、挖渠、施肥、浇灌，在楼周围种了上千亩树。为了防止老鼠的啃咬，人们还在树基部包上了油毛毡，像是给树穿上了黑色的长筒靴。我们还修建了展览厅和职工食堂。楼房周围铺上了红绿相间的地砖，路面打成了水泥地面。室内装修一新，洗衣间、卫生间、浴室等都有，每个房间里还有电视，三楼会议室内还配有音箱、家庭影院等娱乐设备，就像是城市里星级宾馆一样。与以前简陋的地窝子和平房相比，职工们就像一下住进了天堂。

舒适的生活和优美的环境让我感到心情十分愉悦，经常为此变化陶醉着。

春季和夏季，人们可以看到小杨树的叶子油亮耀眼，呼啦啦地与风在嬉戏；榆树们光洁而纤细的身躯支撑起爆炸式的繁茂而硕大的脑袋，楼房前边的高大的风景树也旺盛地存活了下来。我站在楼顶远眺，绿树整齐得如士兵列队一般连成一条条绿色纽带，清新悦目。喷灌管道在楼前楼后花池、草坪间纵横交错，在晨曦或夕阳里，绿荫披上一层迷人的金色，喷灌的水龙头旋转着竞相喷出一道道优美闪亮的弧线，呈伞状地向四周辐射开来，给花草进行着淋浴，亮晶晶的水滴沾满了草叶和花瓣，空气中弥漫着潮湿芳香的气息。小鸟们比太阳起得要早，在林间展示着它们

清脆悦耳的歌喉，每当此时，我都会让自己忘记身处狂风肆虐、风沙漫漫的戈壁荒滩。自从绿荫挡住了狂风的路，狂风来时就更加暴怒，吼得更刺耳了，但显然已失去了以往的威力，绿树们高兴地跳起胜利的舞蹈，绿草也像马鬃似的在风中飘飘欲仙。

我常在新修的水泥路上散步，路南边，芦苇、灰灰条长得几乎和小榆树一般高。树木野草密不透风地连成一片，放眼望去，不能不给人错觉，仿佛那一大片葱葱郁郁的绿荫的尽头就是雄伟的天山，感觉天山与人的距离一下近了许多，不远处的平房完全掩映在了绿荫之中，小树们环绕在那棵孤独的梧桐树膝下，梧桐树也就不再寂寞了。路两边还长了两排鲜艳夺目的玫瑰花，像是手中拿着花儿的人们，在列队欢迎远方朋友的到来。走在路上，浓郁的花香阵阵扑鼻而来，令人心旷神怡，遐想联翩。

也许是因为在旧区生活了 8 年，对那里的花草树木一往情深，在沙枣花飘香的季节，饭后闲暇，我总会不由自主地想去那边走走。没有人住，旧区显得更加破旧，斑驳衰败的房屋掩映在树丛间，树一年较一年高大茂盛了。榆树的叶子还有些稀落，没

有发育完全，上面长着许多已有些发黄的老榆钱。杨树油光发亮的叶子在温暖的春风里哗啦啦地舞蹈着。枯草丛间，发出了许多新绿，散发出盎然的生机。我坐在一把椅子上，静静地沐浴着暖融融的阳光，宠辱偕忘，心境恬淡。有时不经意会有几只蚂蚁跃入我的眼帘，它们在地上匆匆地觅着食；苍蝇也活跃了起来，在我的周围嗡嗡飞舞；离我约6米处，有一只蜥蜴旁若无人地挺起前胸向前爬着，一看到我它就忽地钻入草丛间了；两只大黑蜜蜂在房檐下追逐嬉戏，久久徘徊不去。最有趣的要算听小鸟们争相献艺了，这里最多的鸟是麻雀，一年四季可见成群的麻雀飞来飞去，可以称得上是这里的主人。春天来了，许多不知名的鸟儿从远方飞来，在树丛间，可听到它们"啾啾"、"吱吱"忘情地唱着"小桥流水"，引得麻雀们静静聆听。不时还传来布谷鸟"咕咕"叫春的声音，我被这春天的歌声陶醉着。在这时候，是不会有人打扰我的，多么自由自在啊！这里虽杂草丛生，却是鸟儿和虫儿们的乐园，每当到了这里，我的心灵一下子也变得和鸟儿们一样单纯。

戈壁小屋

　　我的青春，曾在这样的一个小屋里成长。小屋远离都市的繁华，是茫茫戈壁怀中的一叶孤舟，很不起眼的小不点儿，像一个孤零零的被遗弃的孩子。小屋里装载着青春的迷惘与梦想，装载着野马的明天与希望，装载着野马保护者的悲欢与渴望。当小屋没有出现时，野马保护者以天为被、地为床，饮着冰雪与风霜，千里迢迢把野马接回了故乡，又给它们盖起了房，而后才开始盖自己住的小屋。在无边的荒凉里，小屋就是一座富丽的殿堂，倾听着野马的嘶鸣，鸟儿的歌唱，呼吸着泥土的气息和青草的芳香，静观大漠日出日落，仰望皓月和灿烂的星光，春去秋来，叶

枯叶长，云儿在空中自由地飘荡。任风吹雨打，任盐碱在小屋脸上刻满沧桑，就算皮开肉绽，浑身是伤，小屋也总是不言不语，从不展露心中的悲怆。

在冰与火的挣扎里一点点成长，青春的印记烙在了小屋的心里，烙在了戈壁，烙在了马背上，烙上了金灿灿的阳光，也烙上了数不尽的风霜。可无论经历怎样的沧桑，从一次次的退却到迎难而上，我青春的心，终究在此安了家，飞扬如花，美丽如缎。在这样的小屋里种下青春的花朵，花朵怎么可能会凋谢？无论走到哪里，我都要忍不住回头张望，回头望望我的小屋，看看我的心灵，是否依然在小屋里安放。这么一望，仿佛青春即刻会绽放如初，这么一望，就再也无法离开这永远的家园。有了这样的小屋，心就不必再流浪，在这样的小屋里成长，才会长得健健康康。

冬天来了，荒野完完全全荒了下来，静了下来。旷野的风，不甘寂寞，追逐着野兔、黄羊，满戈壁滩跑，又把云的思绪从瑟瑟发抖的枯枝上吹落，随着雪花，漫天飞舞。荒野里的小屋，被千里冰雪捧在手心里，无声地吐着一缕炊烟，吐出一条弯弯小路，伸向野马的围栏，像是平时野马走的马道一样。保护者的青春，一直也走在这样的崎岖小路上。当雪花舞起来时，炉火也

开始舞，小屋里的思念也被点燃，火光里全是亲人的笑脸。夜无边，荒野无边，都在静静聆听着炉火的歌唱。童年的味道，家的味道，不时会随着一阵煤烟窜入炉火旁野马守护者的鼻里、眼里，呛出眼泪来。那小路上，夜夜徘徊的，岂止是月光，岂止是寒冷，屋中溢出的寂寞，溢出的思念，早已把小路踩出了坑。

我喜欢小屋里的宁静，我喜欢一个人静静安享小屋里静默无语的时光，喜欢阳光越过小屋的窗，暖暖地照在我的脸上，照在我的心上；喜欢在小屋里的烛光下，写写心事，写写野马的故事。一个人的小屋，是我最安全的避风港，不会有任何喧嚣，不会受任何伤害，不会有凄风冷雨进入，以往的种种伤痛，都会被小屋一一修复。小屋内的一个小小椅子，都是一个无比宽大的臂膀，坚实，舒适，温情满满。当被大雪堵在屋里出不去时，躲在小屋里好好睡个懒觉，让身心彻彻底底放松，什么都可以不去想，什么也都可以尽情地去想，完全信马由缰，让心灵在浩瀚的雪野里恣意驰骋。炉火暖烘烘，在讲述着冬天的童话故事，红红的火焰在舞，舞动着我们不灭的青春。

爱上小屋，就是爱上孤独。在荒野中安放我青春的小屋，在孤寂中伴我人生的小屋，走到哪里，我都想带着这样的小屋，走到哪里，我都离不开这样的小屋。一张单人床，一套桌椅和电脑，有炉火，有烛光，有鸟语，有虫鸣，还有淡淡的沙枣和红柳的花香。推开窗，自由无边无际，天山巍然屹立。我的小屋，扎根于荒野，常常与风霜、沙尘暴打着交道。我梦想的羽翼曾在小屋里折断，而后又被小屋疗愈，不断地丰满，人生中的一切忧伤，都需要小屋来不断修复。可天地很宽很广，城市中高楼无边，有些地方，竟然找不到这样小的一间小屋，小到仅可以放置一张窄床的小屋。久居闹市的我，已离开小屋太久太久了。

很想回去，回到戈壁，回到野马身边，回到我的小屋。回去，已不再是回到不毛之地，去听岁月的沧海桑田中，裸露枯骨的哀哀悲歌，去看万里狂沙飞扬跋扈地撕扯荒漠戈壁寂寞的乱发，看博格达峰的利剑如何击中天空，以及那些自由飞翔的梦如何粉身碎骨。回去，多少次想回到我的小屋，一回去，千里冰雪尘封的往事仿佛会立刻打开花苞，吐出带露的芬芳，青春的美

丽，会刹那间新鲜如初。回去，回到我的小屋，回到野马身边，仿佛是回归久别的故乡，是去赴一场心灵之约，看阳光托起生命的绿叶，让枯萎的季节，摇身回春。回去，就是回到了家，回到了母亲的身边，多少疼痛、多少泪水，都会在小屋的怀里，烟消云散。

回到小屋，只为贴近青春的气息，只为嗅到灵魂的香气。曾在无边的荒野里漫无目的地行走，旷野里不止的风，吹乱着青春的迷惘和无助。我也曾嫌弃过小屋太不起眼，太小太小，载不动我青春的梦想，盛不下我骄傲的公主心。当我再次走近小屋，再次踏上青春的热土，走过每一匹野马漆黑的双眸，走过戈壁每一寸肌肤，从清晨的露珠，走到满天繁星，倾听蟋蟀的弹奏，我无法停止我的脚步，只为贴近青春的气息，那远逝的青春的气息，从小屋破砖旧瓦的缝隙里散发出来，从泛着白碱的泥土里散发出来，从杂草丛生的小径里散发出来，从马粪和野草里散发出来。深深呼吸，吸入骨髓，吸入灵魂，小屋的气息，怎么也吸不够！一嗅到小屋的气息，那远逝的青春，仿佛朝阳般升起，一场雨，一场山洪，随即在我心里暴发。

走到哪里，都渴望有这样的一间小屋。当小屋里装满宁静，在月光之海中浮游，我只想乘着小屋，在宇宙里飞翔，飞向明天的太阳，飞向一片安详。

野马

新疆野马回归手册

精神的召唤

我是镜头前守护野马的女孩

2006 年，我与媒体有缘。这年，我大多在野马研究中心乌鲁木齐办事处度过，回到野马研究中心的机会渐渐变少。

临近岁末，日子一如既往的紧张忙碌。一天早晨，我边整理着工作材料，边看着窗外的飞雪，心里又不由自主地想到那些荒原里的野马。正在感慨时，我接到了主任的电话：以新华社为主的全国媒体，将以劳动者之歌的形式，将我的事迹报道给全国人民。一时间，我百感交集。那在荒原上付与野马的 10 年青春韶华闪电般从眼前掠过。是的，我现在不惧怕媒体了，反而想以这件事作为契机，让更多的人了解野马，了解野生动物保护事业。但是谁知道，这个 2006 年，我是怎样像一匹冲出围栏走向旷野的野马一样，惧怕、逃避，感到从未有过的新奇，也体会到了从未有过的压力呢。

自从我的书《野马重返卡拉麦里》出版后，我受到媒体的关注格外的多。他们对我这样一个女子，在荒原里与野马相伴 10 年的故事非常感兴趣。而我的本意只是将自己与野马命运相连的经历及 10 年里的苦辣酸甜做一个总结。10 年来我几乎没有可以倾诉心声的人，没想到，此书被凤凰卫视发现后，《鲁豫有约》栏目组特邀我到北京去做节目，他们告诉我，我将坐飞机去北京，食宿不用花一分钱，而在节目里，让我给观众讲讲故事。

当我接到邀请函后，我几乎落下泪来。我想到，这 10 年来，我去过最远的城市，就是乌鲁木齐。我从来没有坐过火车，更没

有坐过飞机，而这次，居然要坐着飞机飞行数千公里，到北京去，和鲁豫这样一个从来只在电视上仰望的人坐在一起，聊 10 年来我和野马的故事……更让我害怕的是，我从来没有经历过那样的场合，见到过那么多的人。我的生命中，最可依靠的和最可倾诉的，是那些不会说话却充满灵气的野马，见到它们，我的心灵会变得很平静，而现在让我怎么去面对那些素昧平生的陌生人呢？

从知道这件事起，我就开始惴惴不安。完全不知道该干些什么，一想起来就紧张得手心出汗。我开始后悔答应这件事，向领导提出各种理由推辞不去。随着动身的日子临近，我越来越心烦意乱。最后去北京时，我的思维几乎混乱了。

至今让我不好意思的是，一到录制节目的时候，我的心情开始紧张。而且，这 10 年沧桑和寂寞的日子，虽然有野马的支撑，仍在远处以巨大的无可抗拒的姿态向我压来，让我无法躲藏——让我想起来，就泪水不断。那些孤独、寂寞，那些温情、那些烦乱，那些坚守、那些挣扎……那逝去的青春，一旦打开回忆，便像潮水一般冲击着我心灵的堤岸。

我抿紧嘴，咬紧牙，抵挡着它们的冲击。

我开始哭，我向栏目组哀求，不要录了。

在那时，我只想搂着我的野马，默默流泪。只想和同事们在一起，默默地看他们忙碌的身影。只想在那片熟悉的荒原上，看风起云涌……

栏目组的人用巨大的耐心，做我的工作，等待着我的平静。

远在新疆的同事和亲人们也打来电话，他们鼓励我说："一匹野马走出围栏时，可能就像你现在一样。你得走出去

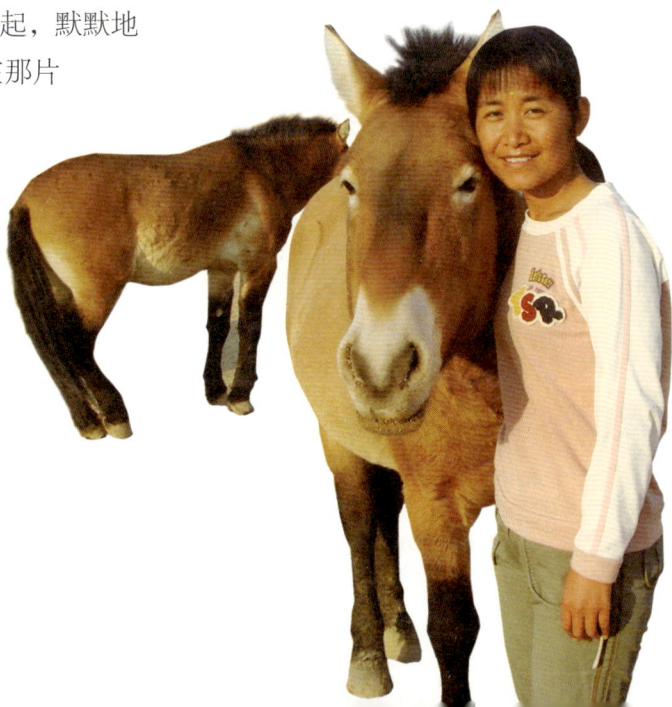

呀，不仅仅是为你自己。"

　　节目终于做完了，我对自己的表现很不满意。但不断有陌生的短信来告诉我：我很敬佩你的勇敢，如果不是有大爱，如何能坚守 10 年？这份事业，需要我们共同的付出。

　　回到新疆，回到野马研究中心后，我突然明白：其实，这一切都来自野马。我仅仅凭着热爱野马的心，做了分内的事，便受到这样的关注，根本原因是，我们所从事的是这样一份意义重大的工作。当野马困守围栏时，我与它们朝夕相伴。当野马走向自然时，我也开辟了自己新的天地。我和野马，虽然现在不能常在一起，但精神上，仍是息息相关。我们需要将野马百年荣辱和一朝新生告诉世人，告诉大家生命的平等和尊严。

　　从此，我有了改变。我不再怕媒体，不再怕采访，不再逃避和躲藏。整个 2006 年，我从心灵的围栏里向外探索。一边想念着以前朝夕相伴的野马伙伴，一边和它们一起，开拓着生命新的领域。

人间大爱拯救野马

人间大爱，拯救受伤野马

自从第一匹野马在人类的枪口下倒下，野马就受伤了。人类无止境的贪欲，使野马失去了家园，流离失所，把它们从自由广阔的大自然中逼入了狭小的圈舍，把马儿们一步步地逼向了绝境，种群不断衰退，野性渐渐丧失，身体臃肿变形。所以，马儿们病了，病了，这些被囚禁的天使们，这些找不到家的浪子们，在伤心地哭泣着。为了拯救受伤的野马，保护者们千里迢迢把它们接回了家，在准噶尔戈壁荒原，用青春、用生命守护着这些宝贝。我也有幸成了他们中的一员。

远离人烟、独立荒原的野马群中，我把整个青春都守望成一匹马儿：守望成一匹孤独、沉默、被围栏围困成僵尸一般的马儿；守望成一匹见到人群就易惊慌，不知躲向何方的马儿；守望成一匹找不到家园，把泪水哭干的马儿。我把头埋得很低很低，把心包得很严很实，曾一遍遍地问天、问地、问自己：从马群到人群，究竟相隔有多远？隔着一重重的山，隔着一重重的水，还是隔着一个星球的距离？忽然有那么一天，当被一群群关爱野马者所簇拥，被他们友善而悲悯的情怀所打动，我如河流一样汇入其中，汇入一片真情的海洋，我顿时恍然大悟：原来从马群到人群，只隔着一颗心的距离。如果心心相印，如果人马合一，从马群到人群，哪里还会有距离！

所有的爱恨离愁，所有的聚散离合，缘分的起起落落，均是

因马而起，因马而灭。你寻马而来，他乘马而去，对野马的一份共同的爱心，让五湖四海的我们走到了一起。有的人为野马日夜守护，把青春和热血甚至生命全部都奉献；有的人为处于困境中的野马捐款捐物，把一份份的爱心献给了它们；有的人为拯救野马用各种方式宣传、呐喊、呼吁，把野马的心声向全世界传播；有的人住进了野马心里，一生都走不出野马的世界；有的人痴爱野马成狂，为了保护野马而甘愿牺牲一切！

所以，站在我身后、陪伴我左右、住在我心头的已不只是公主、王子、大帅、雪莲花等一匹匹的马儿。一份份的真情与爱心，如千军万马驾云而来：肩并肩，手牵手，伫立荒原，昂首高歌，比天山伟峻，比草原辽阔，比阳光灿烂。每一滴感动的泪水，都澎湃着爱的浪涛。每一个跃动的音符，都点亮了野马的明天。有了这众多的护马使者，马儿还会孤单吗？还会无家可归吗？

像是佛光普照苦难的大地，或是谁的手将盛开的莲花托起，愈来愈多关爱野马的各界人士，用他们的爱，抒写着火红火红的诗。愈燃愈旺的爱心之火，欲把囚禁马儿的钢铁围栏销毁，把马儿回家路上的荆棘烧成灰烬。待到春风起，定会有一片绿野，从死灰中挺身而出。马儿们也会奔向广阔自由的新天地。

我看见，在暗夜的终极，在悬崖绝壁的锋刃上，当我即将粉身碎骨，当最后一口气息即将干枯，坠毁突然变成了飞翔。一双

天使的翅膀，梦幻般地在太空里舒展，如天马腾空，巨龙翱翔，飞向生命中的奇迹，飞向了自然的家园。满天支离破碎的星星，也随即聚拢，汇聚成灿烂无比的万道金光，汇聚成了一片滔天的爱之浪涛。从狭小的马圈出来，我看到了无边无际的草原，看到了从最屈辱的禁锢里飞奔而出的最自由的野马；看到了从最漆黑的夜里，挣脱而出的最夺目的太阳，看到了从最深重的悲痛里，绽放出的最美丽的笑脸，如彼岸之花，盛放在人间。

感恩野马让我们相遇，让我们有了共同的梦想。我们走过的足迹是一个个同心圆。我们众人一心，我们众志成城。无论野马回家的路有多艰辛曲折，让我们携起手来，一起送它们回家，送它们回到自由的家园，一洗百年流离和被囚禁的耻辱，在广阔的原野中再现奔腾的英姿！

身患小疾，牵动万人心

因为与野马同病相怜，痛着野马的痛，我也病了，也成了一匹受伤的野马，躲在几乎与世隔绝的角落里，暗自哭泣。因为，我总以为，应当以强者、成功者的姿态成功地站在众人面前，才符合我内心的自尊，而不应把失败、失意示人，那些无助、无奈甚至绝望的泪水，应掩藏在黑夜的深处，默不吱声……

2013 年夏天，我因日晒引起的皮炎发展成了疑难症皮肌炎，三年多来，到处寻医问药，一直未能治愈，而且医疗费用水涨船高。姐姐对我的病过于担忧，2016 年 7 月，她不顾我的阻拦，在朋友圈发出了我售书治病的消息，一时间，引起了社会的广泛关注，媒体轮番头条报道，社会各界纷纷伸出了援助之手，爱心购书活动如火如荼，有的要捐助，有的给我联系医院，有的还愿免费治疗。我的一点小疾，一下子牵动了万人的心。

我的母校，新疆农业大学的广大师生们，在校友会及校团委的倡导下，积极踊跃购书，给了我莫大的支持和鼓舞。毕业后一直不联系的大、中、小学同学，纷纷打来电话关怀并购书，儿时的伙伴还大老远跑来探望，让我见到她们感觉好幸福，幸福得直想哭。野马国际集团举办了"关爱自然、关爱野马，张赫凡走近野马"签名售书会，野马员工倾情相助，自发购买了 600 本我的

售书现场

书。新疆人民广播电台阳光 895 携手红山公园、新疆助学志愿者联盟、益堂公益组织、新疆装饰界公益联盟，在红山公园举办了售书会。吉木萨尔县爱心妈妈公益团队携手妇联先后组织了两场爱心签售活动，县委书记带领县四套班子进行了爱心购书。林业厅党委也表示出了极大的关怀，组织厅干部购书献爱心。新疆朗诵艺术协会再次举办了一场"昔日公主救野马，今日爱心救公主"野马诗歌朗诵会。著名画马大师姚迪雄先生，不远万里赶来，在朗诵会上现场画马，用拍卖方式支持我看病，还专程去野马基地

著名画家姚迪雄认养野马

探望了我，探望了他 8 年前认养的野马。湖南卫视著名主持人张丹丹闻讯，也组织发起了爱心售书活动。萤火虫公益团队、大爱公益团队组织义工帮助售书，中国爱马人微店、美好新疆微店也都义务帮助售书。中国马业协会还积极支持我到北京看病，通过会员单位山东田忌马业有限公司赞助，为我解决了在北京看病的住宿和机票费用。

著名旅意画家孔瑞环女士寄来了一幅向日葵油画，并附信送来祝福："赫凡女士，你好！ 2015 年 6 月 6 号，我们是在北京因赵小玲结缘您，看了有关您的报道，心生敬佩，为了事业您贡献大爱，却使身体……现在这么多人关心您，爱您，希望您健康。送您一幅国画《千秋无让》，它永远向着太阳，祝您早日康健！"看着那一幅金灿灿的阳日葵，我一下想起了 2015 年 80 多岁高龄的孔女士，被人搀扶着走进北京知音堂，参加野马电影音乐会的情景，禁不住深深被这位德艺双馨的老艺术家的大爱所感动。

《野马》电影和舞台剧制片人赵小玲老师在她微信中写道："赫凡是我公司要制作的以野马为题材的舞台剧以及电影的原型人物，正是因为她和野马基地的工作人员，在恶劣的自然环境之下，数十年如一日，为野马的繁殖和野放默默地付出，是她、他们对待事业那份沉甸甸的责任感和摧不毁的意志，奏响了野马回归故里的重生之歌，谱写出洋溢爱国主义情怀的人生之歌，是践行中国精神、民族精神的英雄。正是这种精神支持我坚守了四五

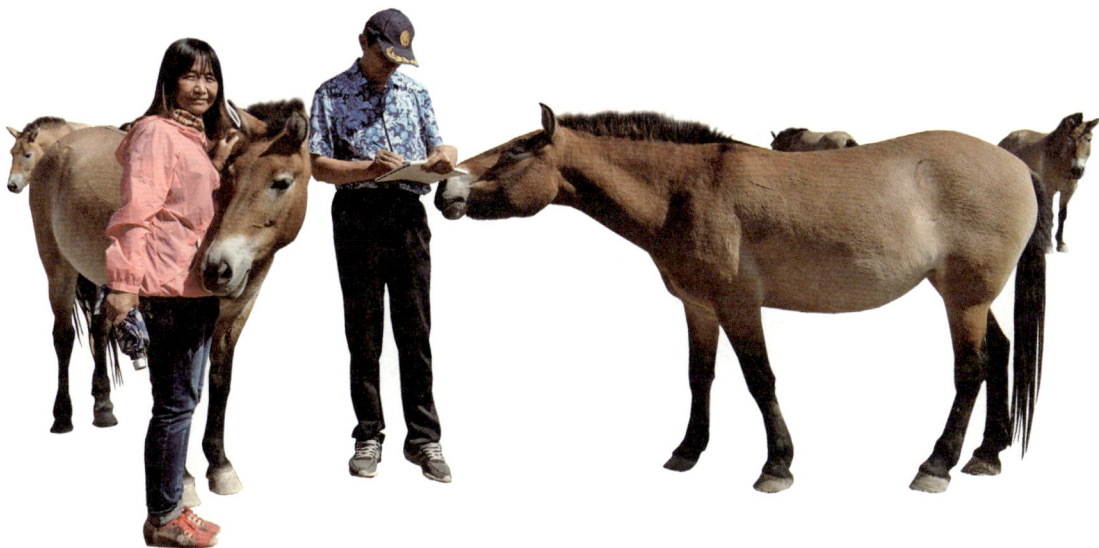

年的时间，为野马事业'鼓与呼'。但赫凡却因为长期在恶劣环境中工作，患上了疑难症皮肌炎，这种风湿免疫类结缔组织病对日光过敏，皮肤起疹、溃烂，四肢酸痛无力，身上有大片色素沉积，此病有伴发癌症的可能，经过治疗，虽有好转，但仍难痊愈。疾病的治疗消耗了赫凡大量的收入，生活窘迫，希望大家都来购买她的书，支持她和她为之贡献的事业。"孔瑞环女士就是看到了赵小玲女士的微信，才十分关心地给我寄画表达爱心。在赵小玲女士的呼吁下，2016年支持举办野马朗诵音乐会的北京知音堂堂主、水墨心经创始人王心明先生及其他朋友们也组织了爱心接力，作为我遥远的守护星，购买了野马书，并为我祈福，为我加油。通过赵小玲女士的牵线搭桥，中国马业协会还赞助我去北京看病。

在社会各界的爱心支持下，不到两个月的时间，新疆青少年出版社出版的《野马重返卡拉麦里》、中国林业出版社出版的《野性的呼唤》两本书售出万余册，两个出版社都分别进行了多次加印。

拯救了你，也就拯救了我自己

起初，我以为，看病只是个人的小事，因个人的小事给大家添麻烦让我深感不安和羞愧，不仅埋怨姐姐，不应该把个人不值一提的一点小事搞得沸沸扬扬，给大家增加负担，给我造成沉重的心理压力，甚至宁愿不治病，也不能给大家添麻烦，所以我一直躲着媒体。

可当看到社会如此巨大的爱向我涌来时，我被这人间大爱深深打动，我是一匹受伤的野马，正是他们的大爱疗愈，我觉得自己无法再躲了，我必须向大家表达对他们的感恩和谢意。同时，这也掀起了一次对野马宣传的热潮，让淡化出人们视线很久的野马再次走到大家面前，我也想通过售书，通过媒体宣传，让受伤的野马们，同时也被人间大爱拯救。所以，我不能再躲了。于是我去坦然面对媒体，对他们讲野马及保护者的心声，让野马受到越来越多的关爱。

我想，我的病，或许只是更高声地向世界，喊出了野马的痛。拯救了野马，也就拯救了我自己，拯救了我们人类自己。所以我写下了这样一首诗：

拯救了你也就拯救了我自己

野马呀
你的世界就是我的世界
狭小或辽阔
沉浮与起落
都与你同步

我也是茫茫人海中
一滴并不纯净的水
沾染了病菌和灰尘
濒危的马儿呀
我在拯救你时
不断地净化着自己
拯救了你
也就拯救了我自己

我的每一份幸运
都缘自

把青春放在了你的背上
与你一起搏击旷野

我的每一份疼痛
都缘自
你内心深处废墟中
碎裂瓦片的嘶哑呼喊

野马呀
如果你是一首
流动的旋律
我定是旋律中
与你心脏一起跳动的音符
如果我是一个歌者
我会用我的一生
为你歌唱

同时，我通过下面的一封感谢信向社会各界致谢。

自从我姐姐张艳芬将我治病售书的消息报到媒体以来，社会各界积极伸出了援助之手，无私的爱就像天使一般从四面八方飞来，飞到巍巍天山下，茫茫戈壁中的新疆野马繁殖研究中心，把阳光、甘露撒向戈壁荒原，撒向被病痛折磨的心灵，让我顿时置身于一片爱海之中，时时被感动得热泪盈眶。之前我的眼睛经常肿，是因为病，这几天眼睛也老肿，是因为被爱心人士们深深打动，我不知我该用怎样的语言来表达自己对大家的深深谢意。除了感恩，还是感恩，我想忍住，不哭，可天上、人间，早已泪雨倾盆！不仅感恩大家温暖的手，感恩生命中的阳光，连同那些苦难和绝境，我也要一起感恩。甚至连我的病，也成了福音，正是我的病，把我从与世隔绝般的个人小角落拉回到了温暖的社会大家庭中，那些黑斑和疼痛，仿佛是千万匹野马在踢踏，在高声嘶鸣，在催着我为濒临绝境的它们呼喊，催着更多更多的爱心人士

加入到保护者队伍中来，催着人们带它们回家，带它们从憋屈的牢笼回到自由辽阔的新天地中。当病痛把我带到大家面前，我就像野马从狭小的圈舍奔向了辽阔的大自然怀抱，感受到了无限的温情和快乐。大家的爱，是医治我身心最好的良药，有了你们的爱，我感觉自己的病一下好了，完全成了一个健康快乐的人，哪里来的病呀？是啊，如果不遭遇生命中的狂风暴雨，我如何能感受到雨后的天空是如此碧蓝，我如何能感受到世间是如此美好和温暖？大家的爱心力量是如此强大而神奇，如万马奔腾，汹涌而来，让我如何承载这厚重的爱？

在此，向各位关心支持我，关爱支持野马事业的社会各界爱心人士表示最衷心的感谢并致以崇高的敬意！

成龙等社会各界献爱心认养野马

在拯救保护野马的过程中，野马事业曾一度陷入困境。随着野马种群的不断壮大，经费短缺成为制约野马保护和研究的主要问题。为多方筹集资金，唤起社会对普氏野马的关注，拯救这一濒危物种，自2005年5月起，新疆野马繁殖研究中心多次举办了野马认养活动，先后有160多匹野马被社会各界认养。联合国亲善大使、著名国际巨星成龙，中央电视台著名节目主持人陈铎，著名画家、澳籍华人作家姚迪雄先生，三位知名人士都积极

成龙认养野马

陈铎认养野马

伸出了爱心之手，认养了野马。听到新疆野马中心正在开展的百匹野马认养活动的消息后，成龙非常高兴，当即表示参与认养活动，以示对该活动的支持。成龙龙子心工程工作组相关负责人受成龙之托，于 2005 年 11 月 6 日前往新疆野马繁殖研究中心挑选认养野马。成龙认养的两匹野马，一匹被命名为"飞龙"，另一匹叫"黑风"。陈铎认养的两匹野马，一匹命名为"长江"，另一匹叫"运河"。姚迪雄认养的野马取名为"姚旋风"。认养野马最多的是野马国际集团董事长陈志峰，一次认养野马 38 匹，当时还给自己只有 11 个月大的儿子认养了一匹小马驹儿。湖南卫视《背后的故事》栏目组认养一匹野马，这是唯一一家媒体认养，取名"故事"。出版《野马重返卡拉麦里》的新疆青少年出版社认养了 3 匹野马。最成功的一次认养活动是野生动物保护协会在广州举办的新疆野生动物推荐会上，有 55 匹野马被认养。

大、中、小学生也纷纷认养野马。2008 年 8 月 1 日，在新疆维吾尔自治区科学技术协会组织下，新疆百余名青少年在新疆野马繁殖研究中心开展普氏野马认养活动，他们认养了新疆野马繁殖研究中心的第 23 号普氏野马，并为它起名叫"新新"。"新新"是第 23 届全国青少年科技创新大赛吉祥物的原型。 新疆把"保

护野生动物，建设和谐家园"宣传教育活动作为此次大赛"科学与梦想"系列主题活动的重要内容之一。乌鲁木齐市高级中学老师李树华和她的科技创新大赛参赛项目小组认养了野马"皇后"一年。吉木萨尔县二中的师生连续7年认养野马。先后有20多匹野马被学生认养。随着全社会对野生动物保护意识的不断提高，对野生动物保护事业支持力度的扩大和社会认养积极性的高涨，以及新闻媒体的热情参与，认养野马活动将会受到越来越多的关注。野马认养活动的开展，不仅缓解了野马经费的危机，同时提高了野马的知名度和人们对野马的关爱度。中国野生动物保护协会副秘书长赵胜利评价说："这次开展的认养野马活动，充分体现了新疆人民热爱野生动物，保护生态环境的良好愿望，那么这个活动对于推动全社会热爱野生动物，保护生态环境也具有非常重要的积极作用。"新疆野生动物保护协会的秘书长朱福德对未来新疆野马事业的发展更是信心百倍，他指出："只要社会各界都像这样关爱野马，不久的将来，卡拉麦里万马奔腾的局面一定会实现。"

中学生认养野马

艺术家们为野马义演

2015 年，我的第二本书《野性的呼唤——纪念野马重返故乡三十周年》诗集出版后，新疆朗诵艺术协会先后举办了两场天山珠玑——新疆优秀文学作品朗诵会张赫凡诗歌作品朗诵会。《野马》电影剧组在北京知音堂也举行了《野马》电影音乐朗诵会。中国及新疆著名的朗诵艺术家们为野马保护宣传进行了义演，以野马诗歌朗诵会的形式纪念和庆祝野马回归故土三十周年，用生态文化的形式向社会宣传野马的传奇经历，以唤起人们对野马更深的关爱。艺术家们用他们的爱心倾情演绎野马的故事，艺术地再现了野马的多舛命运及保护者的艰辛，深深地打动了在场的观众。参加义演的有中国网络朗诵奠基人、著名网络朗诵表演艺术家、主持人雨音女士，她饱含深情地朗诵了《野马呀，请你告诉我》；著名朗诵家胡乐民朗诵了《腾飞吧，野马》；著名导演乌兰宝音朗诵《天马之梦》；为两代国家领导人演出、并取得多项国际大奖的享誉世界的东方神俊乐团创始人香丹公主表演了呼麦《二十度母》；烨冉的舞蹈《幻入胡璇》以及古筝演奏《西域随想》等精彩的艺术表演，均博得现场观众的热烈掌声。

没有想到，在野马诗歌朗诵会现场，一次次哭红了眼睛的，不仅仅是繁华都市中那如婷婷百合般的女士们，有多少堂堂男儿满眼满脸也湿漉漉的。野马多难的命运，百年流离失所的辛酸，

张赫凡诗歌作
品朗诵会

万马奔腾的壮阔，保护者们的寂寞，戈壁大漠的荒凉，以最本真的面貌，从朗诵者的口中飞跃而出。观众们全神贯注地看着艺术家们震撼人心的表演，身心起伏在爱的浪涛中。我想，如果此刻野马们也听得见，它们响亮的嘶鸣和擂击大地的蹄声，一定会像观众的掌声一样直冲云霄。

无论在北京，还是新疆，总有一场雨，与朗诵会同行，即使晴空里也会有霹雳。义演者们的爱心撼天动地，滂沱的大雨使上天为之动容！雷鸣与雨水，伴着万马奔腾的滚滚浪涛，总是不失时机地不请自来。朗诵者们已深入到野马心里，诵出的字字句句间，都屹立着天山般高峻的大爱，他们波涛起伏的声音里，雨水早已堆积成灾，马上就要冲破云堤，飞流直下。下吧，下吧，这消去人间酷暑的大雨，洗涤人们心灵的大雨。 雨后的天空，一定会如诗般纯净，雨后马儿的世界，一定会越来越广阔。朗诵会现场，观众的心灵就像是经历着一场地震、一场海啸，内心的尘垢被人间大爱震落，碎成瓦片和粉尘在浪潮中消失得无影无踪。震后余波未了，浪涛依旧缠绵，像阵阵掌声在呼唤着一个崭新的世界，呼唤心灵的高塔在废墟中重新站起。爱心与激情在碰撞，耀眼的火花把整个世界都照亮。如万马齐鸣，向世界发出

知音堂《野马》
电影音乐朗诵会

了最嘹亮的呼喊。

野马做媒，诗歌朗诵会，让那么多关爱野马的人士突然环绕在我的周围，如盛大而美丽的花园摆在我的面前，而她们的心灵与才华，更如端庄、雅致、柔美的盈盈仙子，远远胜过她们的美貌。我置身荒野，在恍如隔世隔空的另一个世界，是不会看到她们呀，热烈拥抱我的是泥土、风沙、烈日、冰雪和一群群的野马，而我梦的裙袂却一直在她们身上飞舞。回到她们中间，我才能感觉到自己的完整，她们的美丽如同阔别已久的故乡，一直在深情地将我召唤。

有感我的两本野马书

（一）

　　我的第一本书野马纪实散文故事《野马重返卡拉麦里》的出版已经有十多年了，这本书的出版给我的人生带来了许多惊喜和转机，也使野马迈向了更广阔的空间，引起了更多人的关注。这一切，不得不感谢新疆青少年出版社，感谢此书的责任编辑武红老师。

　　作为新疆野马研究中心唯一的一名女技术人员，在写这本书时，我已在野马研究中心工作了有八年之久。众所周知，野马研究中心位于十分荒凉的大漠戈壁，远离都市的繁华和喧嚣，酷暑严冬、肆虐的狂风长年与人们的生活相伴，还有无边无际的寂寞如影相随。在这个几乎与世隔绝、无比冷清和落寞的世界里，在这个似乎只属于男人、只属于强者的世界里，在这个技术落后、大学生不愿来的世界里，我，一个有着活泼不羁天性的女孩子，居然会来到这里，居然会在最不可

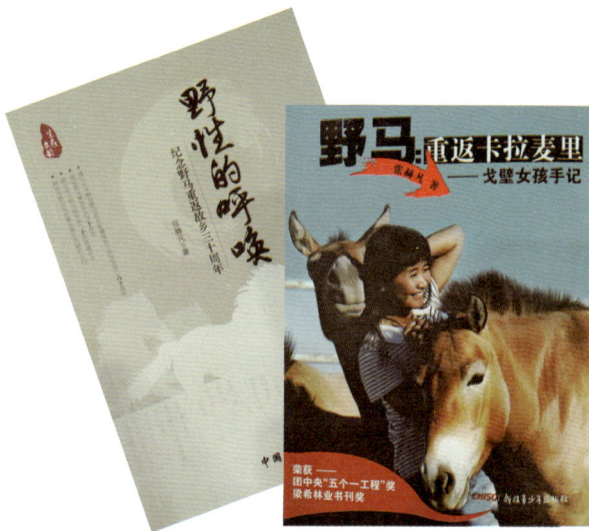

能、最不愿待的地方度过了那样漫长的青春岁月，有谁会相信？现在回想起来，我自己都为自己不懈的坚持感到吃惊。而当我捧起第一本刚出版的散发着油墨香气的书的时候，看着这个用青春、汗水与泪水浇灌出来的凝聚着无数爱心的沉甸甸的果实，我不禁潸然泪下，曾经长久地徘徊在心头的痛苦和怨恨也化作了满怀的感激……

我为什么会写这本书呢？许多人都会这么问我。其实在写书前我已写了8年的日记了，写日记仅仅是为了抒发自己的感情，是自己写给自己的心灵故事。因为在野马研究中心我感到太孤独、太委屈，心里话无处诉说，所以我就养成了写日记的习惯，写我每天的所见、所闻、所想，写养马人的寂寞，写我的曲折心路，写野马家族的悲欢离合。特别是观察和记录野马的故事，成了我孤寂时的最大快乐，成为我荒野生活中必不可少的部分。

也许是和野马有着不解之缘，因为在来野马研究中心之前我就先做了一个神秘的天马之梦，一个高大威武的天马在空中与我良久地对视，这个梦仿佛是一种预兆，一种召唤。可是来了野马研究中心后，我发现一切并没有想象中的那么美好，自己就像一个迷途的孩子突然掉入了万丈深渊，在绝望之中拼命地哭泣挣扎，恰如被困在围栏里的野马一样，曾经是卡拉麦里荒原的佼佼者，飒爽的英姿如箭般在大漠穿梭，如今却被囚禁在围栏里，空有自由奔放的心灵、傲啸西风的勇气，而唯有在梦里才能在旷野里飞奔。

野马野外绝灭主要是人类的无情猎杀、不尊重大自然的结果，重引回故乡是拯救和保护这一比大熊猫还珍贵物种的最理想措施，是为了让野马再度在原野里自由驰骋。同样的挫折与失落感让我对野马就有了"同是天涯沦落人，相逢何必曾相识"的感觉，同样的感受也让我与野马有着同样的对自由和返璞归真的渴望。所以，一开始我就不能够把野马当做一种纯粹的动物看待，而是当做极富灵性并有着丰富情感的生灵去关爱，与它们进行心与心的交流。每当我无力承受孤独和痛苦时，我总会去看看野马，当野马友好地奔向我、亲昵地啃咬我的衣襟时，我的心灵顿时得到了莫大的安慰，我觉得虽然它们不言不语，但仿佛能够看

透我的内心，让我感受到它们对我的理解和关爱。而且，每当野马发生病亡时，不论我是否在野马身边，哪怕是远离野马研究中心，我都会有一种撕心裂肺的痛苦，这或许是一种心灵感应吧？所以多年来，我痛苦着野马沉重的痛苦，快乐着它们有限的快乐，关于野马的血腥的争斗、动人的爱情、揪心的别离、泣泪的母爱等都铭记在心，并写入我的日记。

由于资金投入不足，随着野马种群的不断壮大，野马事业陷入了困境之中，直到在野马研究中心出生的第一匹野马红花死亡后，通过媒体宣传引起了很大的震动，引起了社会及上级领导的广泛关注，加速了野马野放进程。2001年8月，第一批27匹野马终于奔向了阔别百年的大自然的怀抱，野马事业出现了新的转机。这使我发现了宣传对野马事业的重要性，因此有了写关于野马的书的打算，想通过写书让更多的人了解和关注野马，扩大野马的社会影响，让社会各界都来支持这项公益性事业。

我花费了一年多的时间整理我的日记。在日记整理的过程中，有幸遇上了来野马研究中心采访的《丝路游》杂志社社长段离女士，她正在做此杂志的准噶尔卷，需要采编野马的文章，因为野马自古就是丝绸之路上新疆准噶尔盆地的一大珍宝、一个传奇。后来经过段离老师的推荐，我把书稿拿到了新疆青少年出版社资深编辑武红面前。尽管文字很稚嫩，却引起了她的极大兴趣，她粗看了稿子后就决定出版此书 。"不仅是因为题材独特，

关键是书的内容感人，比如野马重返故乡新疆后出生的第一匹野马红花的故事，让我哭了好几回呢。"武红老师的这句话至今让我难忘。是啊，有多少人为红花的凄惨故事流过泪啊。当武老师仔细看完稿件后，她发现存在很多问题，首先，对于从事专业技术工作、初学写作又没有文学功底的我，所写的文字语句、文字方面自然会有不少问题，她耐心细致地做了大量修改和润色；其次，在内容方面，她提出了需要进一步补充和完善的意见；再次，在结构方面，她提出需要有一个主线将一个个零散的故事通过一条主线贯穿起来；最后，要配一些野马图片，做成一本图文并茂的书籍，这样更容易让读者了解野马。我按照武红老师的意见进行修改和补充后，她再审再改，这样反复改了多次，用了将近一年的时间才定下稿来。

此书 2005 年出版时，我在闭塞的野马研究中心已生活了 10 年，不被外界所知，而且还从未出过新疆。书出版后引起了中央电视台、湖南卫视、凤凰卫视、新华社、《人民日报》《南方周末》等上百家媒体的关注和报道，一些影视剧作家也纷至沓来，野马被搬上了影视屏幕，走进了千家万户。这本书还使我有机会去北京、广州、深圳、长沙、南京等地宣传野马，让我有机会见到认养野马的成龙大哥并与他合影，让我有了更加开阔的视野，让我对野马及野马事业有了更深的热爱。最主要的是，这本书能够让更多的人了解、关注野马，许多人看了此书后纷纷认养野马，为野马事业献爱心，本书为野马事业的发展起到了推波助澜的作用。没想到这本书还有了香港繁体字版、英文版，而且即将被改编成少儿版，并获得了团中央"五个一"工程奖和梁希林业图书奖，进行了再版和多次印刷，这对我是多大的鼓舞呀。

我的第一本书的出版，也使我的写作水平有了较大提高，使我有了成为一名野马作家的梦想，我想继续努力，把十多年来在野马研究中心的生活积累都写出来，写出更好的作品。让这些文字成为打开野马围栏之门的钥匙，如同野马蹄下生云，肩上长翅，把野马保护者及野马内心的声音，把人与动物和谐共存的声音传遍世界的每一个角落。

（二）

第一本书出版后，编辑武红老师觉得这本书有些单薄，鼓励我继续写新的野马故事。要平时一点一滴地积累，哪怕每天写 500 字，坚持下来一定会是一笔不小的收获。而书出版后，我大部分时间在乌鲁木齐办事处工作，起初两三年是两边跑，后来几年绝大多数时间在乌鲁木齐工作，去野马基地的机会越来越少了。这样一来，我就不能通过亲身观察和体验，写野马的故事和一线保护者的故事了，这让总以为在野马身边才能写出野马故事的我，心中甚感遗憾。在喧嚣而拥挤的都市中，为生活的琐碎繁忙，有时心灵会被压碎压扁，痛不堪言。于是，对野马、对戈壁大漠无边无际的宁静的怀念与日俱增，如浪潮般拥堵在自己的胸口，快要让我窒息。所以，我想到了诗，或许写诗是疏通自己心灵渠道的最佳方式吧？

没想到我在国家林业局举办的第二届美丽中国征文活动中获得了一等奖，并要将获奖作品结集出版，因此我有幸认识了中国林业出版社的副编审何蕊老师，一位善良、美丽、热心、气质如荷的年轻女子。当我向她提出能否出版我的诗集时，她很爽快地答应了。为了配合野马电影的宣传活动，此书从她收稿到出版，仅用了不到三个月的时间就完成了，于 2015 年 5 月正式出版。这三个月里，她常常冒着风雨，在雾霾重重的

北京城，加班加点地工作，细心地审读，修改稿子，有时她不到四岁的女儿生病她都顾不了，真让我感动和过意不去。书出版后两个月，她又利用来新疆出差的机会，在三天紧张的日程安排中，专门抽出了时间，顶着40多度的高温，兴致勃勃地去野马基地看了野马。面对她，真让人满怀感恩，同时也感谢中国林业出版社对我的大力支持。

野马诗集的出版，主要是为了庆祝野马重返故乡30周年。在喜迎野马回归故乡之际，我从大学毕业分配至新疆野马繁殖研究中心工作已有20年了。20年来，作为唯一一名长年在一线工作的女专业技术人员，我与野马保护者们一起，在荒凉的戈壁大漠中，顶着风刀霜剑，冒着严寒酷暑，忍着与亲人长相分离的寂寞，日夜守护着野马，把每一匹野马当做自己的朋友，精心把它们呵护，关心着它们的成长，体验着它们的悲喜。也许是与野马的缘分冥冥之中早已注定，一开始我就对野马有一种同病相怜的感觉，所以我的诗歌既是写了野马的内心世界，也是写人的内心世界，二者息息相通，水乳交融，人马难分。每一首小诗，都是野马30年发展的曲折历程中的一朵小小的浪花，浪花里闪烁着人与马最纯真的内心渴望。

自从100多年前野马捕猎运往欧洲，野马一直在苦苦寻找着回家的路，寻找着自由之路，而30年前，在国际野马保护机构及我国政府的共同努力下，野马有幸终于回归故土新疆准噶尔盆地。在30年的回家路上，野马究竟经历了怎样的坎坷？保护者付出了多少艰辛的汗水？知之者恐怕不多。我觉得自己也如一匹马儿，在尘世间流浪，在物欲横流的社会及命运的打击中迷失了自己，在20年与野马的相依相守中，我也在寻找着回家的路，寻找着回归本真的路。这本书同时也写了我20年曲折的青春心路，经历了青春的失落、孤寂、迷惘、彷徨、爱的伤痛，最终由风雨飘摇的历练走向了坚定和平静，曾经无数次逃避的荒漠戈壁也成了自己深深依恋的心灵故乡。在多年的青春守望中，我有如一匹围栏中的野马，空有一颗高傲的心，却被命运无情地困于围栏之中，想爱无法去爱，想奔无法奔腾，只好在围栏中冲撞、流血、屈死，很多野马至死都不能踏出围栏一步。虽然经历了无数颠沛流离，

通过保护者们多年的呕心沥血，野马终于冲出围栏，踏上了百年渴望的家园。但种种凶险和困难又摆在它们面前：它们能适应新的环境吗？它们能在大雪中找到食物吗？它们能在干旱中找到水源吗？它们能抵御天敌狼的侵袭吗？还有公路横贯、家畜干扰、到处开矿等等，都对它们的生存造成很大威胁，野马最终能度过各种难关，成功恢复野性，重建它们的家园，使家族复兴吗？它们经过了漫漫的寒冬能迎来生命的春天吗？

不论结局如何，希望总是美好的，只要不放弃梦想，只要去拼搏，去努力，哪怕最终不能找到理想的家园，奋斗的过程本身也是一种收获。如果现实中真的找不到梦想如初的家园，那就给心灵一个美好的家吧，最终让心灵回归自然，回归本真，与自然合一，把自由奔驰的梦安放在心灵的家园，安放在精神的家园，和马儿们一起，在无边无际的心灵旷野中且行且歌，奔腾不息，把春天的鼓擂响。

我的这些小诗，这些稚嫩的文字，不仅写了马与人的酸甜苦辣，还写了野马赖以生存的浩瀚戈壁中的自然景观，有原生态的自然景观，也有保护者为了改善生态环境大力植树造林而创造的荒漠绿洲之景。一字一句均关马，一草一木总是情，通过对马、对人、对自然景物而发的感悟，抒发了我对野马、对大自然的深深热爱与依恋之情，也表达了我对保护者的艰苦奋斗、无私奉献

精神的赞美，并以此献给野马故乡新疆维吾尔自治区成立 60 周年，献给野马重返故乡 30 周年，献给我与野马相守的 20 年青春，献给为野马保护拯救事业做出贡献的人们，献给关爱野生动物、关爱野马的社会各界，我拙劣的诗行，希望读者们会喜欢。

著名儿童文学家、国家一级作家、新疆科普作家协会秘书长李丹莉给诗集作了序《科学诗歌的异彩》；身兼报社社长、某文化公司董事长等多职的著名作家赵小玲女士作序《诗情似火照天山》；著名作家、诗人郁笛先生写了书评《隐现的荒原和内心的远方》。非常感谢这些文化名人的鼓励和帮助。正是有了众多人的帮助，在眼下备受冷落的诗歌市场里，我的诗集居然取得了意外的收获，一年重印 3 次，同时还获得新疆维吾尔自治区第五届科普作品金奖，真让我受宠若惊。在此，我还要感谢读者们对我这些稚嫩得不能称为诗的作品的支持和厚爱。还有新疆朗诵艺术协会，一年内先后举办了两场天山珠玑——新疆优秀作品朗诵会野马诗歌朗诵专场。身为《野马》电影制片人的赵小玲在北京知音堂举办了《野马》电影音乐朗诵会。中国及新疆著名的朗诵艺术家雨音、胡乐民、航志、梁增田等进行了高水准的朗诵义演，他们用艺术演绎出了人与自然的和声，呼唤着人们对自然万物的尊重与热爱，呼唤着阵阵和风为野马送去温暖，不能不让人的心灵感到震撼。

传播野马精神的文化使者

这是一位因我的第一本书《野马重返卡拉麦里》而与野马结缘的女子，而且与野马一见就像着了火，着了魔，从此一发不可收拾。

她叫赵小玲，她是北京天际文化传播公司总经理，纳税人报社社长兼总编，资深制片人、监制，舞台剧出品人。2004年进入影视行业十几年，共参与制作了多部艺术题材的影视作品。曾出品制作国内第一部反映纳税人和征税人之间矛盾的电影《大树底下好乘凉》，制作知名网络微电影《只为等到你》，主导完成第一部讲述两弹一星伟大功勋事迹的电视剧《情润无声》，与导演哈斯朝鲁和编剧高雄杰共同主导创作了讲述北大教授孟二冬生平故事的电影《孟二冬》，获得国家"五个一"工程奖等众多业界大奖，广受社会好评。她还是一位知名作家，有多部著作获国家大奖。她更是一位传播野马精神的文化使者，多年来，一直致力于野马文化项目，致力于野马文化精品的打造，为野马奔波呼吁，呐喊不止，向世界传播着野马精神，弘扬着野马文化。

这位传播野马精神的文化使者，已年过半百，留着一个长长的麻花辫，圆圆的脸盘如向日葵一般，总是那么阳光明媚，笑容可掬。她来自内蒙古，有着百灵鸟一样的歌喉，喜欢唱草原的歌。她有着深厚的文化底蕴，有着坚忍不拔的意志，做事风风火火，十分干练。她对野马一见如故，见野马第一面就对这些自由不羁的精灵再也割舍不下，她曾为野马掉过三次泪。而在背后，

这些年来，她又为野马流了多少泪，付出了多少艰辛，又有多少人能知晓？

　　她第一次见到野马，是五年前和几个将军一起来新疆野马研究中心参观，当时他们想拍一些精彩的野马镜头。为了让他们看到野马的野性，野马研究中心的工作人员试图激怒野马。被激怒的七八匹野马突然向赵小玲他们迎面冲来时，把他们吓坏了。工作人员向他们大喊"蹲下！"他们赶紧蹲下，狂奔而来的头马看到蹲在地上的人们，知道他们无伤害自己之意，就在他们面前停下了脚步。心有余悸的赵小玲试探着大胆走到头马身边，轻轻地抚摸起它的头来，没想到，头马居然也亲热地回蹭了一下，赵小玲一下抱住了它，看上去乐观坚强不会轻易掉泪的她眼泪夺眶而出，那紧跟着头马的七八匹野马也如见了老朋友般围了上来，争相亲昵地去啃她的衣襟。赵小玲摸摸这个，又摸摸那个，深深爱上了这些毛茸茸的精灵们，当时就有了拍摄一部《野马》电影的想法。"就像一个流浪的孩子需要母亲的温爱，同时也感到一个野生物种，在人类的驯养下野性逐渐削弱的那份辛酸。我想让全世界都知道野马的悲惨身世和流离颠沛的命运"，她说。而当她见到我，读了我的第一本书《野马重返卡拉麦里》时，更是如获

至宝，热血沸腾，一下被书中野马家族鲜为人知的故事抓住，被保护者的吃苦耐劳和默默奉献精神深深打动，她又一次流下了热泪。这让她更加坚定了拍一部震撼世界的《野马》电影的信心，她想让全世界都了解野马在回家的路上遭遇了多少坎坷，人们为之付出了多少心血。当她驱车几百公里来到卡拉麦里保护区野马野放站，当看到大自然中自由自在生活的野马群和野外监测者更为艰苦的生活和工作条件，她那颗善于悲悯苍生的心又被触动，第三次流下了眼泪。回北京后，她就马上开始为《野马》电影的拍摄付诸行动了。

她说干就干，雷厉风行是军人出身的她的一贯作风。她平时工作就如一个拼命三郎，每天凌晨两点钟休息，早晨五六点起床，每天只休息三四个小时，超负荷的工作，严重地透支着自己的健康和精力，她常常拖着疲惫的身影在半夜归家。而当她接触了野马想拍一部震撼人心的国际大片后，更是没日没夜地为此打拼，全身心地投入其中，马不停蹄，不知疲惫。为了野马她放弃了很多其他没有这么难又可以盈利更多的文化影视项目，一心想把野马项目完成。茶余饭后，逢人谈得最多的话题就是野马。她就像长征中的红军战士，只要认准的事，无论遇到怎样的艰难险阻，她都以超人的意志力坚持着，坚持着向目标不断挺进，不达

目的誓不罢休。

她给《野马》电影的定位是三个回归：回归故土，彰显了人类文明进步，体现着国际文化交流内涵；回归自然，彰显着以新疆人为代表的中华民族的人文精神，体现了大国负责任的风范；回归本源，彰显了文化回归理性的信念，体现了文化自信的气魄。三个回归奠定了我们中华文化的内涵，这非常有意义。赵小玲说："习近平总书记强调要'振奋中华民族精神'。中华民族自古注重人与自然和谐发展，爱护野马就是爱护自然、爱护我们人类自己，这是民族精神的生动体现，野马的回归，也是在呼唤我们民族精神的回归。野马的回归，不仅对生态环境保护，更对提升我们民族精神的境界具有重要意义。"她为野马感动着，更为在荒漠戈壁中长年坚守的野马保护者的精神感动着，她认为这些精神需要社会的肯定，需要不断地加大宣传，不断地向世界传播这种大爱，这也是她多年不放弃的原因。

她做了野马回归30年系列文化项目策划。《野马》影视剧，将立足世界文化视角，锻造国际文化交流精品，打造新疆文化名片。吸引了好莱坞导演的关注，赵小玲与著名导演、奥斯卡评委巴瑞·莫若签订了野马电影创作协议，由巴瑞·莫若担任该片的总顾问。76岁高龄的著名好莱坞导演田芬女士，在国外看到有关新疆野马的报道后，主动和赵小玲联系，通过国际长途交流，她被赵小玲的事迹感动得泣不成声，当即决定要马上回国支持她拍野马电影，并带病担纲了野马剧本的创作。英国的一位议员也被赵小玲打动，想支持帮助她拍摄野马影视剧，他推荐了国际著名作曲家、编剧家约翰·安德森先生与赵小玲合作。当时70多岁的安德森先生不远万里来到北京，又冒着三九寒冬的鹅毛大雪奔赴新疆野马基地看望野马。看到位于荒滩戈壁的野马研究中心在那么艰苦的条件下一批人无怨无悔地为野马坚守，他的内心被深深触动，一下子理解了赵小玲为了野马近乎疯狂的行动，当他从野马研究中心工作人员的口中得知赵小玲在野马研究中心并没有什么职位，跟野马研究中心并没有关系却一直在为野马舍命般地奔波呼吁时，对她更是敬佩有加，这也更坚定了他支持赵小玲拍中英合作舞台剧的信心。回北京后，他主动担纲起了野马舞台剧剧

本的创作，以比他原来所想低很多的稿酬签订了创作协议。此剧将以科普的形式，通过高雅艺术进校园系列活动，在中英两国高校进行巡演，向广大青少年普及野生动物保护及人与自然和谐相处的理念。功夫不负苦心人，赵小玲的野马公益宣传保护行动，得到了越来越多社会各界的支持，中国野生动物保护协会、中国马业协会、中国社会艺术协会、中国宋庆龄基金会、联合国文明联盟等单位都纷纷成了野马舞台剧的联合主办单位及支持单位。当联合国文明联盟主席和文化研究院院长王戈先生得知赵小玲为野马所做的一切后，对她的精神大为感动和赞赏，当即表示要全力支持她的《野马》影视剧，并积极投入到了野马之夜公益慈善晚会的筹备工作中。

赵小玲对艺术的要求精益求精，先后找了9个电影编剧，推翻了20个本子。也许这显得有些不近人情，伤了很多编剧的心。她为了野马影视剧卖了车子，抵押了房子，已投资300多万元，债台高筑。她为了《野马》电影，舍弃了多少与亲人团聚、照顾亲人的机会，四处奔波，几乎走遍全国，到处化缘。亲人们对她看在眼里，疼在心里。为了支持母亲，已拿到北京大学研究生录取通知书的儿子，不顾父母亲的反对，决定放弃这靠多少日夜勤奋拼搏、来之不易的读研机会，与母亲并肩作战。他说，要等母

亲的《野马》剧拍成功了，帮她完成了她的这一大桩心愿后，再去读研究生也不迟，可谁知这一耽误，就是四五年呀！不能不让人深感惋惜。为了野马，耽搁了儿子的学业且不说，连患有尿毒症已做着透析的母亲住院她都不能去陪伴，逢年过节及母亲生日她也顾不上去探望。面对亲人，她内心满是愧疚，常常独自在暗夜里掩面哭泣，疯狂地思念着亲人，思念着家乡，她何尝不想陪伴在年迈的母亲身旁，侍奉母亲，尽自己的一份孝心，同时也享受亲情的温暖，而为了野马项目，她不得不在一次次难得的短暂相聚后，又匆匆地含泪离别。起初母亲对赵小玲也不理解，女儿为什么宁愿舍下家、舍下亲人，甚至舍弃一切，也舍不下野马？而她了解女儿的执拗脾气，在女儿最困难的时候，她不考虑自己重病需昂贵的治疗费，给了女儿 10 万元的经费支持。

这些年来，赵小玲见了无数的投资商，历经一轮又一轮的谈判，有时一天要接待四五拨人，她的腿都快跑断了，有时腿会浮肿，胃病犯了，脑动脉血管硬化又头痛起来，她都一次次忍着剧痛，咬牙坚持着。有一次她去新疆见一位投资商，她因追寻野马而扭伤了脚，脚肿得无法走路，她也不去医院，只顾着谈判。由于她的日程总是安排得太满，只要她还能动弹，她就得为野马没日没夜地繁忙劳碌，对于个人的健康她似乎无暇顾及。为了

野马文化项目，为了坚守一份文化人的自信，更是为了改变当前文化交易猖獗、文化沉渣泛起的局面，使传统文化能够回归理性，使青少年从小就受到正确的文化教育和引领，作为文化学者的赵小玲，觉得自己应该担当起文化人应有的责任。她认为野马的回归是代表文化回归理性及民族精神回归的一个文化符号，是生态从不文明的开发、掠夺、破坏到文明的保护、拯救、恢复的一个典型代表，也是体现人与自然和谐的"和"境界的生动案例。她被这一重大使命深深攫住而难以自拔，这让她走到哪里，除了野马还是野马，无法顾及其他，纵使重重的困难和压力使她一头青丝熬成了白发，她也无法退却。而投资商却无法都像她的情怀这样高尚，在公益和功利之间的天平摇摆中最终都是倾向于后者，所以，她总是一次次以失败而告终。她说："这个题材很难做，若是商业片，便会把这么多人的坚守与野马的回归这个振奋人心的东西丢弃了，我们担心完全市场化；若是做成纯粹的艺术片，传播的过程可能很打动人，但如果没有市场回报，这对投资方是不公平的。时下影视投资偏向泡沫经济，价值观走向庸俗，会不会有人愿意来投拍这个题材？"赵小玲明明知道想做成这件事非常不容易，而她就像是一匹倔强不服输的头马，不抛弃，不放弃，屡败屡战，为了实现自己的目标奋勇向前，顽强拼搏着，一次次跌倒，一次次爬起来，从不喊痛。她苦着、累着、痛并快乐着，从不言弃，她的身上，体现着一种打不败的野马精神。

　　我一直为她的执著、为她百折不挠的精神感动和鼓舞着，所以一直在默默支持着她，力所能及地配合她做好野马保护拯救公益宣传和野马文化项目的推进工作，并渴盼《野马》影视剧能早日成功上演。我想，不论《野马》电影及舞台剧最终是否能够成功拍摄和上映，她执著坚持的过程、为野马不停呼喊的过程本身就是一种成功。赵小玲在手机日记中写道："朋友惊讶我为野马项目坚守四五年。但是，我丝毫不会感到后悔，更没有疲惫之感。在我的内心里，即使身体劳累也是如此喜悦的。因为我在做我自己十分喜欢做的事情。很多人和我说，他们十分羡慕我在艰难中的坚守，羡慕我能够在不具备任何条件的基础上，还能有一个大概念实现新创作，完成一个特殊的艺术作品。我告诉他们，这些都没什么了不起的，热爱生活，忠诚艺术，内心享有一份责任，就会多有一份努力，你也就会赢得有一个曙光！在与大家相互支撑努力完成野马项目的日子里，我感到自己的生命就好像春天努力生长的树木，有着无限蓬勃的生命力。我从不曾对命运有过一丝一毫的抱怨，无论是在顺境还是在逆境中，我对生活降临到我身上的一切，都安之若素地接受。因为我相信，只有心不疲惫，灵魂才会坚韧。"

"风雨兼程里，我在艰难地行走。悠悠红尘中，有我永远的坚守。有朋友问我：你为一个野生动物项目如此艰辛的努力到底为了什么？多少次午夜梦回，我独拥深夜一盏灯，认真审视着一个真实的自己。我也常扪心自问：你到底在追求寻觅什么，你一直坚持着这么一件不是众望所归的事究竟是为了什么？寂静的时候，我总爱在这四年奔波的路途上回忆生命里的激情点。那努力过的岁月总会使我有一种圣洁的感动。无论世态如何变迁，我始终相信这个物欲横流世界依旧还有真实的文化自信。孤寂的长夜里，我陶醉在书和微信内容的抒发中。面对这个世界太多的诱惑和随波逐流，坚定着对文化尊严的守护和对英雄精神的仰慕，用真诚和付出，不流于世俗，证明着心灵应有的尊严。于是，就有一个傻傻的人，背负着很多伤痛和委屈，用一个执著的心和行动坚守着心灵的一息火光。承受着人世沧桑的变迁，怀着执著在心底的追求，始终追寻着一种希望和理想。用整个身心挚爱着对所有关心帮助她的人，心怀感恩！用单纯的文语词汇，用忧郁的思绪！真切的希望为这个世界留下一点点有价值的艺术作品，永远赞美大爱！一个现实中的理想主义者；一个屡战屡败的乐观主义者。也许这个世界上有卑微的生命，但是决不应该有卑微的心灵。因为我们每个人的心中，都应该有一盏造就心灵的明灯，它就是由你的尊严、你的信仰、你的善良、你的责任——你生命中

211

最真诚的大爱凝聚而成……"

　　赵小玲不仅想通过野马影视打造新疆文化名片，还着眼长远，为野马文化走向国际市场，开始着手策划野马生态文化旅游项目，为野马事业未来的发展绘制了宏伟蓝图。以野马重新引入取得的成果以及国际国内知名度来定位建立一个以野马文化为主题的野马部落文化小镇，打造国际野马文化基地。以野马为核心，从荒漠治理、民俗文化、生态文明、马文化、国际交流多元化发展建设一带一路上的特色文化小镇，也是融合世界文化的一个聚合地。通过文化旅游开发，实现生态、经济、文化三丰收。打造一个具有国际化而保持鲜明的生态特色，原生性、鲜活性、内核极强、以展示人与自然为主题的文化小镇。"让画家、摄影家、作家在这里找到灵感，让孩子们能够在这里感受、体味到人与自然的和谐、古老传统文化的魅力。"她这样畅想着。目前，此项目已经同国家相关机构和联合国相关机构达成合作意向，将野马生态小镇打造成国际生态会议中心、亲子活动基地和马文化体验基地。赵小玲与合作机构做了项目方案建议书及可研报告，正在通过多方努力，积极争取项目的实施。

　　她在日记中写道："野马项目开始做启动前的筹备工作了。五年多了，为了这个项目，走遍了野马在中国所有生存的地方。结识了很多同样为野马付出努力的人们。五年多的时间，不算短，为了这个毛茸茸的可爱的濒危物种，付出多少艰辛，只有时间打

在心底的烙印抚慰。此时项目的推出，似乎是一个水到渠成的事情。有记者问我：如何会为一个野生濒危动物坚守这么多年？我告诉他，因为我对生活从未有过失落……仰望星空，胸怀大志有时比不上脚踏实地、坚守信念、甘愿平凡。生活中最简单的事往往最需要毅力和坚持，美好的个性和自信精彩的人生也同样会在日复一日的简单中透出光彩。感恩多年来给予我支持和鼓励的亲爱的朋友们，感恩亲人们的理解。我为野马永不停歇！"

许多人可能不理解，她为什么如此执著地去坚守，她哪来这么大的毅力去坚守，我想，以上她的几段日记，就是最好的答案，是发自她心灵深处为野马最高声、最有力的呐喊。她像是一匹野马，向全世界发出了最嘹亮的嘶鸣，呼唤着人间大爱，呼唤着人与自然的和谐，更是在呼唤着民族精神的回归，呼唤着中华巨龙的腾飞！我们为她祝福吧，祝福她的野马大梦早日实现，祝愿野马的明天更加美好！

野马国际联姻，友谊之花再度盛开

6匹野马将回归中国

新疆野马繁殖研究中心将于2017年9月前迎来新的家庭成员，将从国外引进6匹种公马，这个激动人心的消息一时成为媒体和社会各界关注的焦点。特别是比利时野马将回归中国的消息，引起了较大轰动。

新华社布鲁塞尔2017年4月6日新媒体专电 "位于比利时南部阿登高原的汉溶洞野生动物自然保护区4日举行隆重仪式，欢送即将踏上返回祖先栖息地之路的普氏野马。"

比利时大使馆也于当日了发了消息：驻比利时大使曲星、比利时瓦隆大区旅游和自然大臣科林、那慕尔省省长马腾、汉溶洞园长玛露女士参加汉溶洞普氏野马赴华放养启程仪式。曲星大使在欢送仪式上表示"中国新疆是普氏野马的故乡，此次比利时普氏野马将重返原生地，再次见证中比友谊。相信这匹野马将成为比利时在中国的'大使'，提升瓦隆大区和汉溶洞野生动物自然保护区在中国民众中的知名度，为中比两国友好交往史再添浓墨重彩的一笔。"科林大臣表示，今天的普氏野马赴华放养启程仪式，是比中拓展野生动物保护合作的又一例证。相信此次赴华的普氏野马，能像中国大熊猫一样，成为传递比中人员友好的"使者"。比利时汉溶洞野生动物自然保护区参与欧洲动物园和水族馆协会"欧洲濒危物种管理计划"，提供两匹普氏野马公马，将于当天启程前往捷克布拉格动物园。在通过中欧共同检验检疫程

序后，其中一匹将于 2017 年 9 月与另外 5 匹普氏野马种马一起运抵中国新疆。

看到这个消息，野马研究中心全体人员都十分振奋，不仅为百年流浪异国的野马浪子回家，为中心即将注入新鲜的血液，改良和壮大种群高兴，也为野马国际联姻、为国际友谊之花再次盛开而高兴。

之前比利时大使馆曾给国家林业局、新疆维吾尔自治区林业厅相关部门及野马研究中心就比利时时野马回归中国的事来过电话和信件，高度重视此事，希望能够加强合作，一起做好这方面的宣传。驻比利时使馆政治新闻处凌骏敏先生在来信中说"希望最终比利时提供的备选野马能成功抵达新疆，我们使馆也非常希望和比利时当地动物园、媒体开展合作，对事件进行报道宣传，宣扬我国保护野生动物和生态环境的政策和成就。"

因为野马重引入和拯救事业是一项国际事业，需要野马国际联姻，种源互换，基因交流，来改善近交衰退状况，不断地提高遗传多样性。以往教训表明，小种群封闭式繁殖只能使种群越来衰弱，从而面临从地球上消失的危险。正是在国际合作与交流的促进下，野马种群在不断壮大，野马繁育和野放工作不断取得新

的进展，新疆野马中心的国际地位也在不断提升，为我国野生动物保护赢得了荣誉。

新疆野马繁殖研究中心自 1986 年成立以来，已先后从英国、德国、美国引进 24 匹野马，并于 2012 年 5 月向蒙古国输出 4 匹公马种源。自 2005 年从德国引进 6 匹种公马以来，中心已近 12 年没有引进野马了。而最初引进的 18 匹野马因老、病、残等原因不健在。现中心圈养野马只有一匹野马国际编号为 3877 号野马罗森了，它从初来时只有 2 岁的毛头小子已成长为高大、威武而优秀的种公马，现年 14 岁，步入了中年。与罗森当年一起来的其余 5 匹野马 2 匹死亡，3 匹野放。近亲危机日益凸显。特别近两三年野马的繁殖率、成活率明显降低，先天性疾病如先天孱弱足、先天性眼睑闭合等病有所增加。

很多母马过了待嫁年龄仍"待字闺中"，虽然中心也有一大群男"光棍汉"野马，但这姐妹兄弟的都是近亲，不宜婚配成亲。这可苦了正值青春恋爱最旺盛期的男女马光棍了。男光棍们为了隔栏隔门甚至从墙缝中偷窥美女马一眼，都会打得头破血流。孤寂的"公主"们日夜期待着它们的王子降临，而郁闷的"王子"们同样也在渴盼着早点娶上"老婆"。我们有时可以看到英雄无用开之地的公马仰天长叹，或许是在问苍天，问大地，它的媳妇究竟在哪里吧？

在国际野马组织的协调下，现捷克布拉格动物园已选定了来自比利时、丹麦、德国、瑞士、捷克的 10 匹 2～5 岁的备选野马，将从中选定 6 匹，集中到德国进行检疫，检疫合格后，将从法兰克福机场直接空运到乌鲁木齐机场。现双方都在办理野马相关手

续，我们期待，顺利完成此项手续，让 6 匹野马早点回家。

国际野马组织主席曾为野马种源引进专程来疆

而为野马种源的再引进，野马研究中心已做了多年的努力。中心与国际野马组织多次联系，想从国外寻找合适种源，计划再引入 8 ～ 10 匹种公马，解决中心野马的近亲繁殖问题。引起了国际野马组织主席的高度重视。

为了推进野马重引入项目，解决新疆野马中心野马引种问题，2015 年 10 月 13 ～ 15 日，国际野马组织主席 Reinhard Schnidrich 先生、国际野马组织理事会理事 Peter Kistler 先生、国际野马组织驻蒙古国办公室主任 N.Enkhsaikhan 先生等一行四人，不远万里，专程来到新疆。他们对卡拉麦里自然保护区野马马放区和新疆野马繁殖研究中心进行了实地考察，就野马研究中心加入国际野马组织及野马种源交流等问题进行洽谈交流，达成了合作共识。

在 10 月 14 日召开的洽谈会议上，国际野马组织主席 Reinhard Schnidrich 说新疆野马繁育中心在繁育、扩群、野放方面取得了举世瞩目的成果，为实现全球野马管理行动计划提出的野马野化和遗传多样性保存做出了贡献。国际合作是普氏野马等珍稀物种保护项目的关键，加强新疆野马繁殖研究中心与国际野马组织之间的合作具有高度的战略重要性。新疆野马繁殖研究中心在野马重引入项目上发挥着非常重要的作用，加入国际野马组织很有必要。他代表国际野马组织诚挚地邀请并推荐中心加入该组织，希望中心早日成为国际野马组织正式成员，将有利于双方资源共享，便于中心争取国际上更大力度的支持，进一步促进国际合作与交流，推进中心野马野放进程。

国际野马组织主席来新疆考察交流

国际野马组织主席 Reinhard Schnidrich 还说会帮助新疆野马中心尽快解决种公马引进问题，国际野马组织将通过国际网络平台促进中心野马基因库的扩展和种群的壮大，进行系谱分析找到合适的种源向中心输送，以缓解中心野马的近交衰退问题，提高其遗传多样性。同时，国际野马组织还将为中心技术人员提供兽医、系谱管理等方面的培训。

国际野马组织主席 Reinhard Schnidrich 最后说，中蒙两国是实现野马拯救目标的两大责任国，在野马野放方面都走在了国际前列，也是目前世界上拥有野马数量最多的两大国家。2012 年 5 月中心曾向蒙古国戈壁 B 保护区输送了 4 匹公马种源。蒙古国戈壁 B 保护区邻近中蒙边境，陆陆交通，运输费用低，最便于开展种源交流。中心将与蒙古国戈壁保护区在过去合作的基础上继续合作，做出种源交流长期计划。

中心与布拉格动物园签订种源交流合作协议

国际野马组织主席 Reinhard Schnidrich 先生回国后，就开始为新疆野马的引进付诸行动，与国际野马组织各个成员国联系，在欧洲为中心寻找合适的种源。当他联系到当时打算与他一起来新疆而未能成行的捷克布拉格动物园园长、国际野马组织董事会成员 Miroslav Bobek 先生时，Miroslav Bobek 先生积极响应，主动

国际野马组织主席来新疆考察交流

承担起了给新疆野马繁殖研究中心落实种公马引进的问题，并要亲自去中心考察。他在来访问前的一封信中说"亲爱的同行们：我们这次行程的意图是继去年10月国际野马组织与新疆野马繁殖研究中心合作会谈后进行参观考察。这次访问的主要目的是就新疆野马繁殖研究中心、卡拉麦里自然保护区和蒙古国戈壁保护区之间的野马保护项目合作展开讨论，交流新疆野马繁殖研究中心和布拉格动物园圈养野马饲养管理经验，讨论今后进一步合作的前景，包括野马的运输、实施之前的引进种马事宜。关于这件事，布拉格动物园准备共同组织运输并从欧洲给新疆野马繁殖研究中心选择种马，以提高中心种群的遗传多样性。"

5月1日，Miroslav Bobek先生及布拉格动物园副园长、国际野马组织董事会成员Jaroslav Simek来到新疆。在4月29日对卡拉麦里保护区野马区及新疆野马繁殖研究中心的实地考察的基础上，经过友好洽谈交流，新疆野马繁殖研究中心与布拉格动物园达成以下合作共识，并签订了合作协议。布拉格动物园拟于2017年从欧洲向新疆野马繁殖研究中心引入2～7匹普氏野马种马。

会上，Miroslav Bobek先生提出了四种运输方案，这些运输方案都需经各自政府审批，当时难做定论。运输费用将由双方共同承担，具体分担比例、方式及运输时间表将在选定最佳运输途径后讨论确定。在确定运输方案的基础上，布拉格动物园及其合作者共同确定合适的种马数量，并进行不育基因检测。为推进野马的繁育和重引入工作，新疆野马繁殖研究中心与布拉格动物园加强合作，结成友好合作单位，双方将进行定期或不定期互访。

经过以后的多次信件交流商议，引进的马匹确定为6匹。因中国与捷克两国间没有签订马属动物进出口双边协议，运输方式最后确定为6匹引进的野马将从德国法兰克福机场空运至乌鲁木齐。

腾飞吧，野马

从天山脚下亘古的荒原奔来，从流浪百年的异国他乡奔来，从魂牵梦绕的准噶尔故土奔来，野马，你这不羁的魂灵，你这铁骨铮铮的大漠英雄。

在6000万年的风雨里，你的傲骨毅然挺立。重返故土的30年，只是你滚滚生命长河中一朵小小的浪花，一朵从黑暗走向黎明的浪花。

腾飞吧，野马！奋斗中的你，才是真正的你；腾飞中的你，才是真正的你。你不仅要回归故里，更重要的是回归真正的自己。你不能总是这么默默无语，屈辱地低垂头颅，而应像一条巨龙，屹立于世界东方。

就让茫茫的卡拉麦里，这片承载野马先辈自由、激情和骄傲的古老土地，唤醒你沉睡百年的记忆，重新焕发出生命的光彩和搏击旷野的勇气，卸去百年流离的伤痛和屈辱，在卡拉麦里大地，为生命而歌，为自由而搏，擂响春天的鼓，擂响重生的鼓，以最强之音，以春洪之力，让阵阵鼓声，响彻蓝天，在历史的回音壁回荡不止。

你不仅是新疆的骄傲、中国的骄傲、更是世界的骄傲、人类的骄傲。因为，你已不仅仅是你，你是英雄的象征，是自强不息、坚韧不屈、昂扬向上、奋勇向前的精神象征，这是一个民族的精神，这是一个时代的精神，任何时代、任何人、任何地方都离不开这种精神，特别是在暗夜中挣扎的心灵，在失败与屈辱中

沉沦太久的人们，更离不开这种精神。有了这种精神，生命就会迸发出一种神奇的力量，这是弹簧被压到最低点时所爆发出的力量，是人身处绝境迸发出的力量，是一种能创造奇迹、创造辉煌的力量，是一种能起死回生的力量，是一种打倒了再站起来的力量，是一种永不言败的力量。

这是一种执著的坚守，这是一种不灭的追求。在茫茫戈壁，多少代野马人，冒着严寒酷暑，顶着刀霜风剑，为了拯救和保护野马无私奉献着自己的青春，在默默无闻地助力着野马回归家园。他们身上，集中体现着野马精神。正是有了他们的这种精神，野马种群才从无到有，不断地发展壮大，重新回归大自然的怀抱，重新拾回往日的尊严和骄傲，在卡拉麦里大地奏响重生的凯歌。有了这种精神，野马拯救事业才战胜了各种艰难险阻，走出绝境，走出低谷，走向一个又一个辉煌。

野马是世界十二大濒危物种之一，是新疆的代表性物种，也是新疆的生物名片，是有着6000万年进化史的活化石。比起大熊猫，野马更是稀有和珍贵，更能称得上是国宝。尤其是野马精神，更是国宝中的国宝，是中华民族的脊梁。有了这种力量，中华民族才从贫穷落后不断走向繁荣富强，有了这种精神，伟大的中国复兴梦才一定能够实现。所以，中华民族更应弘扬和倡导这种精神，让这种精神在祖国大地遍地开花，长兴不衰。在这种精

神的鼓舞和支撑下，让野马首先在故乡回归大自然，再现万马奔腾浩瀚戈壁的壮景，这也是扬国威、彰显大国对生态保护事业的责任与担当。

所以野马，并不只属于一个远逝的时代，野马精神，更不局限于某个时代、某个地域、某个民族。在历史的长河中，无论过去、现在还是将来，它都是在时代脉搏中最震撼人心的音符，是一首激越澎湃的歌，是生命的常青树，与山河同在，与日月同辉。野马精神，更是渗透在每一个有追求、有理想、不甘失败的奋斗者的血液里，是支撑他们迎难而上、战胜艰险的动力源泉。这种精神，也潜藏在每一个人的灵魂深处，是一个巨大的宝藏，如沉睡的雄狮，一旦警醒或被唤醒，将会迸发出惊人的力量。

腾飞吧，野马！在卡拉麦里的和风中欢畅地驰骋飞翔，做回真正的自己。奔腾中的你，才能世世代代，生生不息。

腾飞吧，野马！在世界的任何角落，在人们的心中，永远奔腾不息。

腾飞吧，野马

野马呀
一眨眼
你已回家三十年
三十年
仅是你六千万年生命长河中

一朵小小的浪花

一朵死而复生的浪花

一朵怀抱黎明 手握朝阳的浪花

一朵闪耀着宝石之光的浪花

这朵浪花的盛开

恰好等于你生命的一个轮回

野马啊

三十年的风雨中

走向自由的大门向你开启

回家的路从异国折回了故乡

家族复兴的旗帜在向你招手

你不必再苦苦流浪

无论锁链有多沉重

无论路途是怎样的山重水复

你终归踏上了回家的路

用你的铁蹄叩响了祖国辽阔的大地

用你嘹亮的嘶鸣奏响了重生的凯歌

救赎的路上

保护者的足迹前仆后继

他们把人生最美的三十年

献给了你

他们用自己的血与泪

洗刷着人类对你犯下的罪

你那贲张的血脉里

激荡着一条奔向自由的大河

与历史的礁石冲撞

与高大的围墙冲撞

与人类无度的贪欲冲撞

激起了千层万层的浪

那一张张拯救者的面孔

那如刀的风霜

那旷世的寂寞

那些泥泞

那些不眠的夜

那些匆匆的相聚与依依的离别

那与你相守相伴的日日夜夜

都在你的泪花中闪烁

回放

低吟

如一首歌

一首青春之歌

一首充满大爱的歌

一首与自由魂灵一起奔腾不息的歌

腾飞吧

野马

你的脊背

不要总背负苦难

请背上蓝天

背上白云

背上一个

灿烂的春天